...诗丛（第二辑）

诗美泗水

山 东 诗 词 学 会
泗水县文化和旅游局　编
泗水县公共文化服务中心

中国书籍出版社
China Book Press

图书在版编目（CIP）数据

诗美泗水 / 山东诗词学会，泗水县文化和旅游局，泗水县公共文化服务中心编． -- 北京：中国书籍出版社，2022.9

（海岱诗丛．第二辑；6）

ISBN 978-7-5068-9178-3

Ⅰ．①诗… Ⅱ．①山… ②泗… ③泗… Ⅲ．①诗集－中国－当代 Ⅳ．① I227

中国版本图书馆 CIP 数据核字（2022）第 163552 号

诗美泗水

山东诗词学会　泗水县文化和旅游局　泗水县公共文化服务中心　编

策　　划	毕　磊
责任编辑	毕　磊
责任印制	孙马飞　马　芝
封面设计	庄俨俨
出版发行	中国书籍出版社
社　　址	北京市丰台区三路居路 97 号（邮编：100073）
电　　话	（010）52257143（总编室）　（010）52257153（发行部）
电子信箱	eo@chinabp.com.cn
经　　销	全国新华书店
印　　刷	山东麦德森文化传媒有限公司
开　　本	787×1092 毫米　1/16
字　　数	4600 千字
印　　张	226
版　　次	2022 年 9 月第 1 版　2022 年 9 月第 1 次印刷
书　　号	ISBN 978-7-5068-9178-3
定　　价	480.00 元（全 12 册）

版权所有，翻印必究

海岱诗丛（第二辑）
《诗美泗水》编纂委员会

主　　编：赵润田
执行主编：林建华　汤　颖
编　　辑：李传芬　李宗健　王来宾
　　　　　谢洪英　徐清潜

海岱诗丛·总序

经过一番忙碌，海岱诗丛终于面世了。山东诗词学会诸位同仁推我作序，欣欣然而从命。

海岱者，山东之谓也。这套丛书收录的是当下山东诗人及诗词爱好者刚刚创作的诗、词、曲、赋，花开千树，清露未晞，芳香浓郁。丛书出全，约费五年之功，达百册之巨，规模可类《全唐诗》，是新时代山东诗词创作的盛大检阅，亦是齐鲁诗坛俊逸之才的精彩展示。

山东地处黄河下游，历史悠久，文化厚重。在这片英雄的土地上，我们的先人创造了源远流长、光辉灿烂的文化。就诗词而言，从孔夫子删编《诗经》算起，两千多年来，历代诗人词家灿若群星，名篇佳作难以胜数，尤其出了刘桢、王粲、李清照、辛弃疾、张养浩、王禹偁、晁补之、李攀龙、谢榛、王士禛等宗师大家，皎如日月，彪炳诗坛。时至今日，齐鲁大地诗风甚盛。嘉节吉时，常见诗人雅会，乡镇社区，时闻吟诵之声，年无分长幼，皆以习诗为雅、能诗为荣。尤其近年党中央倡导弘扬中华优秀传统文化，诗词事业更得浩荡东风，千帆竞发，百舸争流，蓬蓬勃勃，一派兴盛气象。

山东诗词学会，成立于一九八四年，是在省民政厅注册登记的民间社团组织，隶属于省政协办公厅，以推动诗词繁荣为宗旨。面对先贤昔日辉煌，面对时代强力呼唤，面对文朋诗友殷切期待，二〇一九年四月，全省第四次会员代表大会提出,以习近平新时代中国特色社会主义思想为指导,团结奋斗,扎实工作,推动山东诗词事业持续健康发展,力争早日使山东诗词整体水平,与山东人口大省、文化大省、诗词大省的地位相匹配,与山东在全国经济社会格局中的地位相匹配,为实现省委、省政府提出的"走在前列,全面开创"的总体要求、为建设现代化强省贡献力量。围绕落实既定目标,于是就有了"六个一"活动,包括有了这套海岱诗丛。

所谓"六个一"活动,是省学会与县市区优势互补、互利共赢、联手推动诗词发展的一种合作模式。具体做法是,由县市区负担所需经费、组织人员、提供场地,而省学会在一年内为其提供六项服务。包括在该县市区举办一次高端诗词培训,邀请一批省内外著名诗词专家讲座,与文朋诗友面对面切磋指导;组织著名诗人进行一次采风活动,创作诗词曲赋,赞美该区域悠久历史、著名景点、淳厚风情;组织一次诗词有奖征文比赛,巩固培训成果,让风人骚客同场竞技、展示才华;策划一次集中宣传报道,在省以上报刊网站,全面推介该县区发展成就、经济优势、文旅特色、典型经验;正式出版一册诗集,汇纳该区域优秀诗作,展示诸位诗友胸襟才情,反映独特社会风貌;收集一套涵盖该县区历代诗人诗作资料,从先秦至民国,应收尽收,由省学会汇总编入《山东诗藏》,以资后世学习研究之用。

作为丛书,作者众,诗作多,规模大,则长短兼具,瑕瑜互见。优势在于,覆盖面大,代表性强,品类齐全,美不胜收。其中既有抗洪抗疫之时代强音,犹如黄钟大吕,振聋发聩,也有城乡工农之平凡生活,寓目辄书,情趣横生;既有春花秋月夏云冬雪传统美境,也有高铁航天手机网络现代意象。春兰秋菊,各擅胜场,慢慢品酌,各有妙处。正如一滴水可以折射太阳的光辉,当连续吟诵、沉湎欣赏、慨叹时代生活的丰富繁华,感受诗人词家的情感激荡之外,可以体悟各种抒发背后的骄傲与自信、悠闲与满足、宽容与厚重、开放与张扬，这些都是经历过大起大落、处在奋发向上环境中所特有的。它充满生机活力，属于我们这个特定时代。

丛书之长，恰恰亦为其短。诗坛耆老味道醇美之作，只是一类，书中还确有些初窥门径，几近处女之作，犹之孩童蹒跚学步，其作品稚嫩一目了然，此类作品在书中占有一定比重。省学会已注意到这个问题。非不为也，实不能也。要提高其质量，并非一日之功，而省学会精锐饱学之士也为数非多，难以具体指导，况且时间也不允许。面对这种境况，只要政治立场、情感基调无大偏差，格律说得过去，我们就放行录入。这就使得该书诗作参差不齐，确有个别作品可能难入法眼，只能请方家以允许百花齐放之博大胸襟，予以包容。然而依我浅见，对初学之人、年轻后辈，也未可小觑。一番勤学善思，"干之以风力，润之以丹彩"，有佼佼者成长为辛、李大家，也未可知。毕竟世间无奇不有，万事皆有可能！

相对既定目标，当前所为，不过刚刚开端，展望今后，任重而道远。但既然走出第一步，有了决心、行动、典型和经验，达成既定目标便没有任何游移和悬念。可以设想，五年又或六年，当所有计划项目都事功圆满之后，山东大地，会有更多的人喜欢诗词、吟诵诗词，创作诗词，诗词大军更加宏大而严整；海岱诗坛，会有更多精品力作，如泉喷涌，万紫千红，新干老枝愈益果实累累。那时，回望今日，我们会为自己做了正确而大有价值之事，而感到骄傲和自豪。

是为序。

赵润田
二〇二二年八月

《诗美泗水》序

天地悠悠，泗水缘长；文脉延绵，日月同光。泗水——孔孟之乡，儒家文化和中国古代文明发祥地之一，奔流的泗河在片土地静静流淌，川流沃土孕育了先贤圣哲，也涵养了厚重的人文精神。翻开泗水历史文化的竹简——孔子伫立源头，留下"逝者如斯夫，不舍昼夜"的慨叹；子路百里负米，孝子事迹传颂千古；卞庄子奋起勇为，英雄驰骋疆场；历代文人骚客在泗水徜徉于天地，驻足于山水，留下华美篇章。

生逢盛世，以文弘业，泗水迎来文化事业繁荣发展的春天。登高使人心旷，临流使人意远。仲子故里所内蕴的历史之美、山河之美、文化之美是文艺创作的不尽源泉，此次编辑《诗美泗水》诗词集，立足泗水当地，面向全国征稿，旨在发掘优秀的诗词创作人才，扩大泗水历史文化的影响力和传播力。这些作品来自全国四面八方，既有专业创作者，也有后起之秀，他们用慧眼捕捉泗水自然景色，凭妙手记录圣源魅力人文，用情用力书写新时代泗水故事，这其中不乏礼赞泗水现代化建设成就、讴歌勤劳善良的泗水人民、描绘山川秀美图景的作品，思想深刻、清新质朴、刚健有力的审美观价值观在字里行间灼灼闪耀，熠熠生辉。

《诗美泗水》的出版是我们县文化界、文艺界的一件盛事，必将对繁荣发展泗水文化事业、文化产业产生积极的带动作用，我们要深入贯彻习近平总书记在在中国文联十一大、中国作协十大开幕式上的讲话精神，不忘初心、牢记使命，不负时代、不负人民，创作出更多优秀的文化精品，为建设文化泗水贡献智慧与力量，为全面建设社会主义现代化国家、实现中华民族伟大复兴的中国梦作出新的更大贡献！

以飨读者！

泗水县政协副主席　汤　颖

目　录

◎ 海岱诗丛·总序
◎《诗美泗水》序

第一辑　采风诗词作品

嵩　峰 ·· 01
　　泗水安山寺 ·· 01
　　过海岱名川 ·· 01
　　卞　桥 ·· 01
　　武陵春·泉林 ·· 02

林　峰 ·· 02
　　泗水砭石 ·· 02
　　泗水泉林 ·· 02

向小文 ·· 02
　　泗水泉林 ·· 02
　　过泗水梅花、连翘花林 ······································ 02

布凤华 ·· 03
　　王家庄民俗 ·· 03

  泗水湖景区 ·· 03

  泗水泉林 ·· 03

  观卞桥 ·· 03

  泗水观《子在川上处》碑 ·· 03

  泗水滨文化公园 ·· 04

林建华 ·· 04

  泉林汇泗水 ·· 04

  泉林镇红石泉 ·· 04

  过泗水卞桥 ·· 04

  泗水盛鼎吟 ·· 04

  访泗水李白村 ·· 05

  依韵朱熹春日吟万紫千红生态区 ································ 05

  安山寺前银杏树 ·· 05

  泗水名吃宋家羊头 ·· 05

  泗水火烧 ·· 05

  泗水泉林感吟 ·· 06

张延龙 ·· 06

  泗水安山寺（通韵）·· 06

  游泗水万紫千红景区 ·· 06

  沁园春·东鲁忆李白 ·· 07

  游泗水泉林（古风）·· 07

  访泗水李白村（古风）·· 07

孙　伟 ·· 08

  泗水行 ·· 08

张维刚 ·· 08

  泗水泉林 ·· 08

西侯幽谷 ·· 08

　　圣源湖夜色 ·· 08

　　万紫千红生态养生区 ·································· 08

　　安山寺古银杏 ·· 09

　　听泉林讲解 ·· 09

　　题柳笛拍照泗水美人梅 ······························ 09

　　古卞桥（通韵） ······································ 09

　　李白村 ·· 09

　　泗水采风吟（通韵） ································ 10

王来宾 ·· 10

　　夜观圣源湖（新韵） ································ 10

　　泗水青界湖（通韵） ································ 10

　　夜观圣源湖 ·· 10

　　卞河古桥（通韵） ···································· 10

　　安山寺银杏树（通韵） ····························· 11

　　泗水王家民俗村（古风） ························· 11

　　清平乐·泗张镇王家村（通韵） ··············· 11

　　忆江南·游万紫千红总是春景区（通韵） ······ 11

刘业玲 ·· 11

　　参观泗水白马寺两千五百岁银杏树感怀 ······ 11

　　参观泗张生态村 ······································ 12

　　泗水采风留寄 ·· 12

　　参观贺庄水库 ·· 12

　　古城泗水题记 ·· 12

　　万紫千红生态旅游区（新韵） ·················· 12

　　访泉林题寄（新韵） ································ 12

辛丑三月初十夜访圣源湖 ……………………………………… 13

参观泗水滨景区感怀 …………………………………………… 13

望海潮·名郡泗水 ……………………………………………… 13

[双调·沉醉东风] 参观万紫千红留寄（通韵）………………… 13

[双调·沉醉东风] 过泗张小山村 ……………………………… 14

马明德 …………………………………………………………… 14

游泗水滨景区（通韵）………………………………………… 14

次韵朱熹《春日》咏泗水万紫千红旅游区 …………………… 14

游泗水青界湖（通韵）………………………………………… 14

过泗水安山寺谒孔子手植银杏树遐思 ………………………… 14

访泗水圣地桃园王家庄（通韵）……………………………… 15

游泗水泉林（通韵）…………………………………………… 15

临江仙·访李白村 ……………………………………………… 15

浣溪沙·济宁行 ………………………………………………… 15

蒙建华 …………………………………………………………… 15

泗水泉林 ………………………………………………………… 15

万紫千红生态园 ………………………………………………… 16

卞桥双月 ………………………………………………………… 16

王家庄民俗村 …………………………………………………… 16

桃花水母 ………………………………………………………… 16

幽院寄情（二首）……………………………………………… 16

安山春秀 ………………………………………………………… 17

安山寺 …………………………………………………………… 17

感怀等闲谷 ……………………………………………………… 17

赵　志 …………………………………………………………… 18

万紫千红景区 …………………………………………………… 18

题泗水泉林 ·· 18

题川上诗文 ·· 18

题齐鲁诗乡李白村 ·· 18

泗水安山寺 ·· 18

泗水家山头等闲谷艺术粮仓 ··························· 19

泗水尖山（两首）··· 19

王传菊 19

泗水家山头等闲谷艺术粮仓 ··························· 19

泉　　林 ·· 20

万紫千红景区（新韵）·································· 20

浣溪沙·海岱公园 ··· 20

朱振东 20

泗水寻芳（新韵）··· 20

游泗水泉林（新韵）····································· 20

第二辑　征稿诗词作品

胡广才 ·· 21

忆春日游泗水牡丹园（通韵）······················· 21

游泗水滨（通韵）··· 21

沁园春·游金峪（新韵）······························· 22

蔡浩彬 ·· 22

沁园春·泗水新印象 ···································· 22

王瑞祥 ·· 22

泗水览胜有寄 ·· 22

于志超 ·· 23
    泗水怀古 ·· 23
张丰华 ·· 23
    泗水新貌（通韵）···································· 23
    咏泗水（通韵）······································ 23
张秀娟 ·· 24
    鹧鸪天·游泗水 ······································ 24
张兆庆 ·· 24
    吊粉皮 ·· 24
    家乡粉皮乡愁深 ······································ 24
    泉水秀泉林美 ·· 24
    鹿鸣田园采风闲吟 ···································· 25
    鹧鸪天·夹山冬曲 ···································· 25
    鹧鸪天·腊八感怀（通韵）···························· 25
    南乡子·粉条情怀 ···································· 25
    青玉案·夹山头粮仓冬韵······························ 26
    沁园春·夹山雪 ······································ 26
纪　雷 ·· 26
    访泗水泉林 ·· 26
    泉　林 ·· 26
    颂党恩 ·· 27
    天和问天 ·· 27
潘洪信 ·· 27
    题泗水泗张镇万亩桃园································ 27
    题红石泉 ·· 27
    姜家村太公湖早春 ···································· 27

题安山寺	28
安山寺秋之银杏	28
题安山寺涌珠泉	28
题凤仙山主峰	28
泗水滨得句	28

蒋里征 … 28
今日泗水 … 28

尤 鹏 … 29
桃花缘（新韵） … 29
行宫怨（新韵） … 29
安山春秀（通韵） … 29
梨花雪（通韵） … 29
圣源春（通韵） … 29
夏 梦 … 29
夹山秋韵（通韵） … 30
川上吟（通韵） … 30
粮仓秋韵（新韵） … 30
暮雪等闲谷（新韵） … 30

周红希 … 30
圣源泗水 … 30

范黎青 … 31
泗水礼赞 … 31

王克华 … 31
梦境圣源泗水（通韵） … 31

刘芝兰 … 32
圣源泗水游记（新韵） … 32

郭小鹏 ……………………………………………………… 32
　　春日泗水（新韵）……………………………………… 32
　　泗水春来（新韵）……………………………………… 33
马庆生 ……………………………………………………… 33
　　泗水怀古 ………………………………………………… 33
刘灿胜 ……………………………………………………… 33
　　游泗水泉林（新韵）…………………………………… 33
　　卞桥感怀（新韵）……………………………………… 33
　　赞泗水圣源酒店服务员（新韵）……………………… 34
徐振洲 ……………………………………………………… 34
　　粉笔情 …………………………………………………… 34
　　盼　归 …………………………………………………… 34
　　春漫山村（通韵）……………………………………… 34
　　游览泗水植物公园 ……………………………………… 34
　　过泉林（通韵）………………………………………… 35
　　秋过泗水圣水峪乡两首（通韵）……………………… 35
　　农家婚事（通韵）……………………………………… 35
　　父母情（通韵）………………………………………… 36
　　鹧鸪天·过泗水山庄（通韵）………………………… 36
　　一斛珠·济河春景 ……………………………………… 36
吴学臣 ……………………………………………………… 36
　　今日泗水 ………………………………………………… 36
李奎花 ……………………………………………………… 37
　　秋宿安山寺 ……………………………………………… 37
　　桃花赋 …………………………………………………… 37
　　题安山寺银杏树 ………………………………………… 37

宋廷林 37
　　泗水新貌 37

李义功 38
　　咏泗水圣地桃源 38

曹伯林 38
　　泗水礼赞 38

王培章 38
　　泗水抒怀 38
　　青玉案·泗水颂 38

王启亮 39
　　古邑泗水礼赞 39
　　题泗水卞桥 39

唐广才 39
　　今日泗水 39
　　泗水吟怀 39

刘爱美 40
　　泗水新记 40

秦继武 40
　　泗河风光 40
　　石碾情 40
　　卞桥双月 40
　　凤仙叠翠 40
　　龙湾落霞 41

李洪挺 41
　　幸福（通韵） 41
　　遵义会议有感 41

何　勇 ··· 41
　　桃花岗上看落叶 ·· 41
　　采风西头村 ··· 41
　　望母山撷秀有感 ·· 42
　　鹿鸣晨晓 ·· 42
　　夹山头雪韵 ··· 42
　　桃花岗寒潮来（通韵）··· 42
　　庆祝建党百年华诞 七一有感 ·· 42
　　赞"县派第一书记"·· 43
　　立　秋 ··· 43

刘昌东 ··· 43
　　贺建党百年华诞 ·· 43

张立芳 ··· 43
　　游凤仙山 ·· 43
　　泗水农家种金银花致富 ·· 44

马建军 ··· 44
　　圣源泗水 ·· 44

张　鹏 ··· 44
　　过泗水县赏桃花 ·· 44

刘　燕 ··· 45
　　李白庄 ··· 45

聂振山 ··· 45
　　建党百年之际游泗水安山寺 ·· 45

叶兆辉 ··· 45
　　建党百年之际游泗水感怀 ··· 45

郑淑鹏 ... 45

泗水跟党筑梦圆（新韵） ... 45
泗水万亩桃园（新韵） ... 46
赞子路（新韵） ... 46
党领泗水换新颜（新韵） ... 46
咏仲由（新韵） ... 46
游泗水万亩桃园（新韵） ... 46
鹧鸪天·游泗水桃园（新韵） ... 47
满庭芳·题泗河源（新韵） ... 47
齐天乐·泗河源 ... 47
[正宫·塞鸿秋]泗水进康庄（新韵） ... 47

史月华 ... 48

泗水泉林 ... 48
儒风泉韵 ... 48
题王家庄（新韵） ... 48
题泗水泉林 ... 48
题泗水圣源酒店 ... 48

王谦一 ... 49

圣源礼赞（通韵） ... 49

于明华 ... 49

文韵泗水（新韵） ... 49
泗水秋韵 ... 49

鲁海信 ... 50

泗水怀古 ... 50

王　彧 ... 50

泗　水 ... 50

傅黎明	50
泗水怀古	50
马金玉	51
游泗水县凤仙山	51
念奴娇·游泗水县西候幽谷	51
王立军	51
今日泗水	51
张悦胜	52
泗水礼赞	52
吴成伟	52
游泗水西候幽谷（新韵）	52
罗　伟	52
游泗水泉林泉群	52
侯守玉	53
今日泗河有寄（通韵）	53
秀美泗水乡村游有寄	53
国洪升	53
泗水游吟	53
张孝华	53
泗水人家	53
农家游泗水温泉（通韵）	53
韩德春	54
泗水美	54
王　君	54
春韵图（新韵）	54

贾善勤 ……………………………………………… 54
  泗水赏花 ……………………………………… 54
  泗水咏泉 ……………………………………… 54

王志刚 ……………………………………………… 54
  泗水寻芳 ……………………………………… 54

张新荣 ……………………………………………… 55
  题"泗水赏花汇"春日桃园行（二首）………… 55
  梅精灵 ………………………………………… 55

张德民 ……………………………………………… 55
  泗水寻芳 ……………………………………… 55
  捣练子·圣源泗水 …………………………… 55

赵仁胜 ……………………………………………… 56
  泗水赞（通韵）……………………………… 56
  鹧鸪天·咏泗水美景（通韵）………………… 56

隋秀平 ……………………………………………… 56
  泗水歌韵（通韵）…………………………… 56

耿金水 ……………………………………………… 56
  点赞泗水（新韵）…………………………… 56

陈　鹏 ……………………………………………… 57
  安山寺登山 …………………………………… 57
  春游泗河 ……………………………………… 57
  采桑子·龙门山游（通韵）…………………… 57

刘世安 ……………………………………………… 57
  机车开进新农家（新韵）…………………… 57
  农村新貌 ……………………………………… 57

李永奇 ······ 58
　　泗水寻芳 ······ 58
刘中明 ······ 58
　　赞泗水发展 ······ 58
薛兆东 ······ 58
　　泗水新咏 ······ 58
冯强升 ······ 58
　　泗水春日 ······ 58
王启远 ······ 58
　　泗水赞 ······ 58
郑学友 ······ 59
　　党旗下的泗水 ······ 59
张国增 ······ 59
　　咏泗水花生 ······ 59
张建华 ······ 59
　　泗水寻梦（通韵） ······ 59
韩　帆 ······ 59
　　泗水风流赞两首（通韵） ······ 59
孙亮华 ······ 60
　　咏泗水丽景 ······ 60
刘德茂 ······ 60
　　乡村新貌 ······ 60
孙思华 ······ 60
　　鹧鸪天·尹城香雪（新韵） ······ 60
　　浪淘沙令·尹城湖之醉（新韵） ······ 60

张效宇 ... 61
鹧鸪天·泗水流韵 ... 61

管恩锋 ... 61
鹧鸪天·泗水泉林 ... 61

高怀柱 ... 61
鹧鸪天·游圣源湖公园 ... 61
鹧鸪天·乡村广场舞 ... 61

安殿轩 ... 62
咏泗水县安山寺银杏树（新韵） ... 62
咏泗水县中册镇凤仙山（新韵） ... 62
贺泗水鲁源文艺交流乐园更名升级（新韵） ... 62
赞泗水美丽乡村（新韵） ... 62

谢林行 ... 63
贺泗水李白村牌坊落成 ... 63

尹凤岗 ... 63
咏泗水县（通韵） ... 63
泗水吟（通韵） ... 63

姜守彦 ... 63
游泗水南仲都 ... 63

殷家鸿 ... 64
泗张八题： ... 64
题万紫千红杯颁奖 ... 64
万紫千红征联颁奖感赋 ... 64
安山寺怀古 ... 64
拜访银杏树 ... 64
夜宿未来山庄 ... 65

儒孝文化体验馆	65
秋游青界湖	65
楹联之乡	65

李传生 ········· 66

安山寺	66
凤仙山	66

王　斌 ········· 66

满庭芳·阳春桃花灿	66

孙者奎 ········· 67

泗水十景：	67
华渚晓月（新韵）	67
西侯幽谷（新韵）	67
龙门灵雾（新韵）	67
凤仙叠翠	67
安山春秀	68
泉源胜地	68
圣山仙境	68
龙湾落霞	68
长峰独峭（新韵）	69
济河烟柳	69
龙门山	69
泗水尖山	69
泗水安山寺	70
鸿山寺	70
泗水万紫千红（新韵）	70
保寿乐·二十四孝之泗水子路百里负米	70

木兰花·慢题泗水泗张镇桃花节 ……………………… 71

马本涛 ……………………………………………………… 71

安山寺两首（通韵）……………………………………… 71

泉林三首（通韵）………………………………………… 71

李白客居泗水（通韵）…………………………………… 72

夹山粮仓（通韵）………………………………………… 72

水调歌头·泗水春（新韵）……………………………… 72

辛中发 ……………………………………………………… 72

李白村"楹联之乡"授牌仪式 …………………………… 72

李杜结伴游东鲁 ………………………………………… 72

太白井 …………………………………………………… 73

龙门山 …………………………………………………… 73

太白泉 …………………………………………………… 73

李杜登临处 ……………………………………………… 73

邱宝君 ……………………………………………………… 73

鲁南第一大峡谷（新韵）………………………………… 73

泗水七十二名泉（新韵）………………………………… 73

泗张万亩桃园（新韵）…………………………………… 74

万紫千红度假区（新韵）………………………………… 74

郑茂昕 ……………………………………………………… 74

忆故乡 …………………………………………………… 74

泗河之春（两首）………………………………………… 74

石　船 …………………………………………………… 74

三字歌·故乡 …………………………………………… 75

长相思·故乡 …………………………………………… 75

渔歌子·洙泗春日（两首）……………………………… 75

少年游·家乡麦收 ··· 75

任彬彬 ·· 75

　　秋日安山小镇 ··· 75

聂培栋 ·· 76

　　泗张镇景区感赋 ··· 76

　　赞泗张古镇 ··· 76

　　安山寺抒怀 ··· 76

　　泗水县李白村抒怀 ··· 76

　　赞泗水桃花源景区 ··· 77

席洪海 ·· 77

　　高铁通车（新韵） ··· 77

　　泗张镇美景三首（新韵） ··· 77

　　贺泗水县被评为2019年中国最美县域（新韵） ························ 78

　　泗水桃花三月红（新韵） ··· 78

　　追梦泗张人（新韵） ··· 78

朱恩科 ·· 78

　　题泗水汽车新站（新韵） ··· 78

　　泗水行（新韵） ··· 79

　　安山寺感怀（新韵） ··· 79

房耀星 ·· 79

　　泗水泉林咏（通韵） ··· 79

　　泗水桃花旅游节礼赞 ··· 80

郑　华 ·· 80

　　泗水桃花三叠 ··· 80

　　泗水桃花节（新韵） ··· 80

　　泗水桃花饼 ··· 80

  泗水桃花源（新韵） ············· 80

赵清涵 ························· 81
  游泗水安山寺 ··················· 81

姜一白 ························· 81
  泗水泉畔现场作诗 ··············· 81
  题泗水李白村 ··················· 81

杨先进 ························· 81
  春满泉林 ······················· 81

师恩华 ························· 82
  赞泗水 ························· 82

李维东 ························· 82
  泗水礼赞 ······················· 82

张义凤 ························· 82
  泗水森林公园 ··················· 82

张开秋（许仙一） ··············· 82
  观泉（通韵） ··················· 82

杨传军 ························· 83
  泗水寻芳（通韵） ··············· 83

孙庆涛（涛声依旧） ············· 83
  游泗张王家庄楹联民俗村（新韵） ··· 83
  泗水安山寺千年银杏树（新韵） ····· 83
  题泗水张楹联镇有感（新韵） ······· 83
  观泗张镇楹联文化有感（新韵） ····· 83

李　伟 ························· 84
  泗水十景： ····················· 84
  华渚晓月（新韵） ··············· 84

西侯幽谷（新韵） ················· 84

龙门灵雾（新韵） ················· 84

凤仙叠翠（新韵） ················· 84

安山春秀 ····················· 85

泉源胜地（新韵） ················· 85

圣山仙境 ····················· 85

龙湾落霞 ····················· 85

长峰独峭（新韵） ················· 86

济河烟柳 ····················· 86

毛晓萍 ······················· 86

泗水十景： ···················· 86

华渚晓月（新韵） ················· 86

西侯幽谷（新韵） ················· 86

龙门灵雾（新韵） ················· 87

凤仙叠翠 ····················· 87

安山春秀 ····················· 87

泉源胜地（新韵） ················· 87

圣山仙境 ····················· 88

龙湾落霞 ····················· 88

长峰独峭（新韵） ················· 88

济河烟柳 ····················· 88

张　林 ······················· 89

题李白村 ····················· 89

题万紫千红杯颁奖活动 ··············· 89

赏青界湖 ····················· 89

观千年银杏 ···················· 89

宿安山宾馆 ················· 90

　　访王家庄 ··················· 90

　　访安山寺 ··················· 90

赵佳军（一缕晚风） ············ 90

　　过安山寺 ··················· 90

　　题砭石 ····················· 91

浚哲风（冯克河） ·············· 91

　　泗水行吟 ··················· 91

张景生 ························ 91

　　题安山诗会（新韵） ········ 91

陈福存 ························ 91

　　游泗水泉林（新韵） ········ 91

杨思功 ························ 92

　　凤仙山 ····················· 92

　　青龙山森林公园 ············ 92

　　安山寺 ····················· 92

　　泗水滨景区 ················· 92

　　圣源湖公园 ················· 92

　　圣地桃园 ··················· 92

　　泉源胜地 ··················· 93

　　安山春秀（两首） ·········· 93

　　济河烟柳（两首） ·········· 93

　　龙湾落霞 ··················· 93

　　长峰独俏 ··················· 94

　　济河公园 ··················· 94

　　仙姑洞 ····················· 94

张　萍 ……………………………………………………… 94
　　庚子春日泗水乡村所见（通韵）……………………… 94
　　扶贫路上（通韵）……………………………………… 94
　　结对扶贫吟 ……………………………………………… 94
　　我和党旗合个影（通韵）……………………………… 95
　　红船颂（通韵）………………………………………… 95
　　党恩（通韵）…………………………………………… 95
　　党旗（通韵）…………………………………………… 95
　　排长队打新冠疫苗口占 ………………………………… 95
　　新春（通韵）…………………………………………… 95
　　写给中国人民解放军（通韵）………………………… 96
　　看世界（通韵）………………………………………… 96

第三辑　现代诗作品

徐清潜 …………………………………………………… 97
　　这里就是——泗水 ……………………………………… 97
　　礼赞泗水乡村振兴 ……………………………………… 98
　　泗郎回乡（二首）……………………………………… 98
　　咏泗河 …………………………………………………… 99
李洪挺 ……………………………………………………… 100
　　井冈山 …………………………………………………… 100
　　古田会议 ………………………………………………… 100
　　湘江战役 ………………………………………………… 100
尤　磊 ……………………………………………………… 101
　　故乡，那充满希望的地方 ……………………………… 101

徐　军 ·· 102
　　桃　花 ·· 102
陈　鹏 ·· 102
　　初冬夜游泗河公园 ·· 102
　　赏游泗水 ·· 102
　　初冬夜游泗河公园 ·· 103
　　桃花节歌 ·· 103
　　雪赏泗河公园 ·· 104
　　母亲节 ·· 104
　　八一建军节 ·· 104
　　逆战鸣镝江城畔 ·· 105
　　教练驾校训练有感 ·· 105
　　释　怀 ·· 105

第一辑　采风诗词作品

◆ 蒿　峰

泗水安山寺

泰岱南余脉，蜿蜒至圣乡。

安山环福地，古寺沐祥光。

入殿心神肃，抚碑磬鼓长。

公孙双木老，千载郁苍苍。

过海岱名川

行经邹鲁地，恍觉史中游。

川上诗文薮，苍溪逝水流。

伦常同国老，礼乐与天休。

漏泽清源溯，今来且访幽。

注：苍溪，即古苍龙溪，为泗水源头之一。漏泽，即古雷泽，亦为泗水源头。

卞　桥

望柱覆莲唐晚征，狮龙百戏石雕精。

碧天如洗中秋夜，看尽卞桥双月明。

武陵春·泉林

陪尾山名闻海岱,潜脉出泉林。泗水源头圣迹寻,海色照青岑。　如水时光无昼夜,教化在人心。紫锦青澜横玉簪,阙里近,几多吟。

◆ 林　峰

泗水砭石

眼浮七彩耀霓裳,疑是蓝田白玉光。

此物缘知堪作磬,却留人世辨温凉。

泗水泉林

陪尾清幽影殿空,仙源一脉接天东。

霞飞春梦归玄鹤,瀑挟长歌泻碧虹。

川上如斯今古事,世间我亦往来风。

可人泉涌珠千斛,似有金声到耳中。

◆ 向小文

泗水泉林

我来泗水觅知音,入耳秋波把梦寻。

最是泉林清浅底,一抔足可照人心。

过泗水梅花、连翘花林

拟把时光凝画廊,花开百里漫徜徉。

闲云挂树涵疏影,玉瓣含情溢暗香。

阵阵玄黄争接岭,层层红紫谱华章。

春风到此闲不住,相逐山头忙绿装。

◆ 布凤华

王家庄民俗

路远山深处，孤村不记年。

晨扉闻犬吠，斜日落炊烟。

石叠桃花坞，竹摇茅草椽。

更看双紫燕，梳柳并翩跹。

泗水湖景区

乘兴来游泗水滨，湖光山色正宜人。

虽非万紫千红日，客至春添七八分。

泗水泉林

苔藓绒绒碧石矶，风来瑶草颤微微。

谁遗图画林深处，捡拾方惊水湿衣。

观卞桥

咫尺移身越国疆，徜徉故地感沧桑。

衣冠楼阁皆沙砾，村叟扶桥说卞庄。

注：卞庄子，春秋时鲁国的大夫，坐山观虎斗一词的主人。

泗水观《子在川上处》碑

似听风籁正传声，伫立无言感莫名。

草木枯荣犹有日，人生此旅不回程。

泗水滨文化公园

花开二月浅深红，泗水南流复向东。

夫子谪仙留胜迹，游人迢递沐儒风。

◆ 林建华

泉林汇泗水

众泉喷涌汇成林，跌宕奔流泗水吟。

常听子于川上曰，大河光彩照丹心。

泉林镇红石泉

陪尾山阳赤石边，池根觑出焰砂鲜。

粼粼玉醴霞辉映，射向渠河汇大川。

注：泗水是历史上著名的河流，"子在川上"之"川"就为泗河。

过泗水卞桥

泗滨古邑汴河桥，风刻皲皴岁月雕。

日浸沧桑皆故事，漪澜记载大千嚣。

泗水盛鼎吟

巨鼎秦来镇九州，泗龙断系一方留。

鲁乡昆裔承祥兆，弘业兴昌万世悠。

注：泗河汀铸一巨鼎，铭文"泗水盛鼎"。史传秦战六国获九鼎，过泗水被龙咬断系绳，一鼎没入水中。《史记·秦始皇本纪》："始皇还，过彭城，斋戒祷祠，欲出周鼎泗水，使千人没水求之，弗得。"

访泗水李白村

惊奇泗水谪仙村，追溯千年续庶孙。

学海寻诗证东鲁，形踪隐见拜师魂。

注：李白在《寄东鲁二稚子》诗中道，"我家寄东鲁，因之汶阳川"。东鲁汶阳就是今山东省泗水县中册镇，这里确有李白村。

依韵朱熹春日吟万紫千红生态区

东风吹绽遍山春，万紫芳菲泗液滨。

水母桃花久违日，古村不识旧颜新。

安山寺前银杏树

相传两千年前孔子曾在此讲学传道。

二千时岁尽沧桑，至圣儒风日久长。

普度神州祥瑞气，杏坛无处不传扬。

泗水名吃宋家羊头

源明烹煮制颇鲜，清帝垂涎宠盛传。

老宋秘方奇特料，沾淋风味入章篇。

泗水火烧

逆风十里火烧香，酥脆油滋盛誉飏。

未及朵颐君已醉，驱车辗转赴仙乡。

泗水泉林感吟

醴波喷涌荟成群,遍野琼花繁似云。

陪尾山歌声宛转,泗河水戏势氤氲。

行寻李杜泉林记,驻跸康乾笔墨欣。

璀璨明珠齐鲁耀,呕吟誉冠醉灵君。

注:清康熙曾南巡,登泰山,祭圣人,观泉林,留下了不朽篇章《泉林记》。唐代诗人李白曾寻游赋诗"秋波落泗水,海色明徂徕"。

◆ 张延龙

泗水安山寺(通韵)

久已望安山,斯心在杏坛。

峰存龙虎气,地有圣河源。

古树三千载,高徒近百贤。

我来朝胜境,参拜众人虔。

游泗水万紫千红景区

水光峦色景光幽,万紫千妍风细柔。

青界湖中桃母贵,柴山脚下艳梅稠。

背峰面镜存岚气,卧虎藏龙育仲由。

非恋晦翁诗句好,我来已把逸心留。

沁园春·东鲁忆李白

泰岱之阳，泗水之滨，东鲁北垠。有双峰并峙，仙临天汉；一山独矗，史谓龙门。迢递山峦，崎岖涧道，雾绕云遮龙虎呻。登峰上，望秋波泗水，海色岚云。　　当年李白离尘。曾住在汶阳李白村。历三年剑术，功经炉火；一身绝技，师出名门。交结英贤，广联隐士，游遍山东关水津。一声啸，信我才有用，岂是凡人。

游泗水泉林（古风）

此地即蓬壶，泗河源之枢。
先师兴百感，逝者如斯夫。
文脉流千载，相传多大儒。
晦翁虽未至，崇圣亦心殊。
清帝常驻跸，写诗赞仲都。
如若今来此，处处具新图。

访泗水李白村（古风）

玄宗不见用，学剑来山东。
投进白云庵，苦修三载功。
只因诗出众，"三绝"一时崇。
妻女来东鲁，置家在南陵。
一千三百载，李氏尊为宗。
我访李村后，诗心逐逝蓬。

◆ 孙　伟

泗水行

清冷云消泗水明，踏风入耳放歌声。

凝眸拂首听心语，无念余生踽踽行。

◆ 张维刚

泗水泉林

曾来泗水采风游，几醉泉林意未休。

吟唱情怀高处看，涛声澎湃是源头。

西侯幽谷

泗水风光锦绣中，西侯幽谷鬼神功。

分开龙骨苍天力，觅句填词润美瞳。

圣源湖夜色

天赐圣源湖里画，万家灯火亮明珠。

谪仙孔子乾隆像，泗水城中聚一图。

注：孔子、李白、乾隆雕像依次塑立在湖边成一环圆。

万紫千红生态养生区

名诗哲理润灵魂，万紫千红总是春。

青界柴山融画卷，全凭泗水创新人。

安山寺古银杏

安山寺里有奇观，最美风光入眼前。
孔子亲栽银杏树，随谁逐梦几千年。

听泉林讲解

最爱泉林碧沏魂，皆因讲解有精神。
吟歌逝者如流水，不忘源头洗礼人。

题柳笛拍照泗水美人梅

闻香撷采美人梅，老汉谁家染靓晖。
柳笛声声听入韵，诗情画意醉难归。

古卞桥（通韵）

曾记卞庄观虎斗，至今只见泗河涛。
清泉夜色常双月，留影乾隆过此桥。

注：卞庄坐山观虎斗处。晴朗之夜传桥洞可映双月。另乾隆南巡九次过卞桥入驻泉林行宫。

李白村

来游太白隐居村，确信千年植下根。
旧貌难寻唐代色，只留剑客月中魂。

泗水采风吟（通韵）

海岱名川泗水滨，谪仙望月故乡村。

奇文澎湃惊天地，巨鼎巍峨铸圣魂。

西苑建楼沽酒烈，东风陪尾涌泉深。

当初万紫千红韵，早入家国气象新。

◆ 王来宾

夜观圣源湖（新韵）

人间万户灯，天上闹繁星。

映照湖中去，神仙分不清。

泗水青界湖（通韵）

曲岸红林小径长，微风绿草欲张扬。

一湖碧水千层浪，十里桃花八面香。

夜观圣源湖

银勾欲钓全湖水，风动潾潾泛夜波。

地杰人灵多故事，繁星灯火各相和。

卞河古桥（通韵）

伤痕沉重四千年，风雨沧桑几度迁。

车印石桥流日月，谁持铜钺握杀权。

注：铜钺，收藏在泗水县文管所里，出土于古卞国，距今约4000年，钺上有杀字的省文。

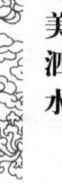

安山寺银杏树（通韵）

礼仪尊位莫安偏，忠义仁慈矗讲坛。

师圣遗风吹四海，沧桑一树两千年。

泗水王家民俗村（古风）

村头绿柳树，村里石头路。

家家贴对联，户户桃花住。

清平乐·泗张镇王家村（通韵）

古墙石道，祖院屋檐草。十副楹联十家好。户户鲜花开笑。　老妪打扮时髦。老翁帅气新潮。打个手机问好，相约见面聊聊。

忆江南·游万紫千红总是春景区（通韵）

春来早，处处杏花明。觅影丛中非是影，追风深处亦非风。千载总相逢。

◆ 刘业玲

参观泗水白马寺两千五百岁银杏树感怀

两千余百载，不老又新枝。

默默临风立，铮铮任雨欺。

云烟知几度，岁月忘何时。

解得春秋意，从无抱果迟。

参观泗张生态村

树遮红瓦画中乡，影壁家家福贴墙。
绿涨村头千垄麦，更听翁妪话康庄。

泗水采风留寄

物华丰艳众泉春，百侣争吟泗水滨。
漕运文明源史册，千年古县已无贫。

参观贺庄水库

桃花水母漫湖春，生态回归洗縠尘。
堤坝抗洪千载计，金汤铸就石基真。

古城泗水题记

一水千年汇百流，古川残字鉴源头。
尼山争界名追圣，还辨乡音在泗州。

万紫千红生态旅游区（新韵）

碧水东南又起城，繁花影里沐春风。
扁舟静待寻幽客，到此谁还羡武陵。

访泉林题寄（新韵）

几曾梦里泗河滨，今日瑶池恍若真。
子迹逝川依旧在，明珠涨绿绕新村。

辛丑三月初十夜访圣源湖

万家灯火映城新，圣水寻源到汉秦。

縠织唐风流溢彩，银钩独钓一湖春。

参观泗水滨景区感怀

千年不辍又春潮，两岸升平唱富饶。

治水禹王留霸气，青光巨鼎耸云霄。

望海潮·名郡泗水

千年名郡，先生故里，礼仪渗透儒津。泉水若林，尼山比岳，得天圣地毗邻。河脉汇无垠。恍入蓬莱界，银汉之滨。万紫千红，一桥一水贯泉魂。　　相安今古氤氲。向泗张问道，三径寻真。蓝縠荡珠，红泥铸砚，夺鳌不让龙鳞。遍地物华珍。梦笔何写尽，史记人文。唯把时光留镜，永驻此时春。

注：①万紫千红、泗张分别为生态园林及乡镇名。

②一桥：卞桥，春秋时期卞国遗址。

③一水：贺庄水库，防洪标准为百年一遇洪水设计、两千年一遇洪水校核。

[双调·沉醉东风]参观万紫千红留寄（通韵）

东风里黄花绕藤，西岸边绿草争萌。流水声，飞花令。鸟儿鸣竞唱安宁，唱启春天万里程，骚人醉花中倩影。

[双调·沉醉东风]过泗张小山村

户前韭畦分几垄，院中桃点染东风。老屋梁，新巢梦。谢宅前数尽春红，任那清溪水向东，到底是乡愁（春）未懂。

◆ 马明德

游泗水滨景区（通韵）

名篇多遇到，今日见真颜。

盛鼎河阳耸，牌坊气宇轩。

影形言李杜，吟咏有康乾。

轻步柳荫下，诗风醉我还。

次韵朱熹《春日》咏泗水万紫千红旅游区

闻名探胜界湖滨，泗水悠悠近载新。

不说千寻静波碧，欣看罨画颂三春。

游泗水青界湖（通韵）

阵阵莺声嫩柳间，碧波远处有篷船。

笠翁专注垂纶事，我慕看浮一日闲。

过泗水安山寺谒孔子手植银杏树遐思

伟峻树身钢铁甲，和风借得吐新芽。

二千五百年虽过，不辍六经披读娃。

访泗水圣地桃园王家庄（通韵）

十里桃源气象新，演习儒孝冶童心。
家家门对赫然挂，挚意德才育后昆。

游泗水泉林（通韵）

醴泉喷涌汇成林，遥迹引吾穿密云。
泗水奔流多络脉，行宫驻跸两清君。
繁华已尽砂洲地，素朴堪观石舫纹。
川上先师曾告诫，三桥依旧众伤痕。

临江仙·访李白村

古井古陵多李姓，东西济济来昆。话题太白倍提神。自豪居住史，历数著名文。　　思至龟阴春作事，寄吟儿女双亲。赞兄明府继陶君。诗仙桑梓地，春日鹤巢云。

浣溪沙·济宁行

黛瓦青砖古柏森，雕纹榫卯勒忠箴。流长源远蕴涵深。　　文脉汤汤瞻孔子，敦风习习听禅音。至柔泗水出泉林。

◆ 蒙建华

泗水泉林

林泉映众山，山影入林泉。
泉碧山光秀，山青泉水圆。

万紫千红生态园

泗水洗尘喧，悠游万紫园。

遐观山影静，迩赏浪花翻。

唧唧莺啼柳，翩翩蝶恋轩。

诗情浮画意，世外见桃源。

卞桥双月

寻芳跻伫卞桥头，凝目渊泉探奥幽。

两侧雄狮偷笑我，欲窥双月待中秋。

王家庄民俗村

泗水之滨镶罨画，王庄民俗绽奇葩。

家家户户楹联靓，巷巷街街绚彩霞。

桃花水母

晶莹剔透似柔纱，青界湖中匿彩霞。

堪比熊猫珍媲美，泗滨灵秀育桃花。

幽院寄情（二首）

一

晚飨幽院大山中，一片灯篝映夜空。

风竹撩窗梳鬓影，飞觞痛饮话情衷。

二

洙泗渊源赏醴泉，举头犹见邃初天。
安山古寺城闉外，海岱名川辇路边。
胜日朱熹吟美景，高怀李白赋瑶篇。
乾坤圣化疑仙界，万紫千红映绛烟。

安山春秀

春色滋濡泗水滨，安山毓秀吐清新。
莺声呖呖吟名刹，泉韵潺潺咏圣人。
万顷桃园臻妙景，千年杏树靖嘉姻。
携来挚友寻诗意，落笔成章若有神。

安山寺

东鲁春韶绕紫烟，安山葱翠映蓝天。
一泓泉水腾珠涌，两树菩提秀爱缘。
古寺千年风雨著，幽林四季鼓钟悬。
参禅悟道明心性，积善成仁种佛田。

感怀等闲谷

等闲幽谷隐山川，圣水龙湾聚众贤。
艺术作粮生紫气，情怀为栈启祥烟。
萧萧陋室书香散，静静骚坛客梦悬。
诗友研修联袂至，恍如仙境醉丹泉。

◆ 赵 志

万紫千红景区

青界岸边垂柳新，波光潋滟暗迷津。
飞来燕剪千般巧，裁出西湖一片春。

题泗水泉林

潋滟波光弄翠华，细砂浮动戏萌芽。
谁将天上霓虹色，染就池中七彩霞。

题川上诗文

海岱浮云气吐虹，赏花邀月醉芳丛。
几回梦寐萦川上，万古诗情入抱中。

题齐鲁诗乡李白村

太白村中桃李开，联花烂漫不须猜。
今邀明月干云去，直把诗心逐梦来。

泗水安山寺

层层叠翠白云边，隐隐林深闻玉泉。
竹径花飞添韵意，经楼磬响渡尘缘。
千年银杏圣人植，一脉禅宗真谛传。
莫道安山开化境，佛光早灿九重天。

泗水家山头等闲谷艺术粮仓

曲径凝香野趣融，更逢霞彩照园红。

清泉沥沥围幽户，翠竹苍苍曳老翁。

放眼家山重叠碧，萦怀景色自空濛。

等闲识得桃花面，抖落诗情醉晚风。

泗水尖山（两首）

一

遥望尖峰向碧空，秋光点抹满山红。

千年翠柏祥和里，几片残碑典雅中。

悦耳松涛迷醉客，浮烟鹤梦笑飞鸿。

重来故地登高处，且放诗声唱大风。

二

叠嶂层峦万象开，濛濛灵雾起蓬莱。

烟浮翠帐腾红日，云引苍龙卧玉台。

一缕禅光辉古寺，千秋圣地聚贤才。

欣来太白登临处，借得诗声漫九垓。

◆ 王传菊

泗水家山头等闲谷艺术粮仓

山路弯弯绕碧流，斜阳古屋野斑鸠。

人来人往呼相识，不肯惊飞落树头。

泉　林

丹青泼墨景清幽，五色分香绕碧流。

梦幻瑶池腾锦浪，宛如西子弄轻柔。

万紫千红景区（新韵）

清风十里画图新，扑面香馨入梦频。

流水悠扬烟聚岫，灵湖迤逦鸟鸣春。

柴山倒浸偏留迹，青界平铺不染尘。

最是人间谁解语，千红醉客赋诗心。

浣溪沙·海岱公园

杨柳依依处处春，瑶池阆苑出凡尘。千红流韵染罗裙。　　漫步忧怜芳草径，回眸依约彩霞云。暗香醉了赏花人。

◆ 朱振东

泗水寻芳（新韵）

四海花开窗闪烁，仗竹执笔意颇频。

稽游齐鲁芳华地，又到昔时泗水滨。

游泗水泉林（新韵）

九上星河贪饮客，一蹶跌落泗滨泉。

珠玑脉脉飞林涌，犹举光杯倚秀酣。

第二辑　征稿诗词作品

◆ 胡广才

忆春日游泗水牡丹园（通韵）

犹记园中万卉芳，引来众客满襟香。
红枝翘盼东风绕，绿草仰欢清雨扬。
花绽藤延绘春色，蜂环蝶舞理仙妆。
牡丹千古倾国貌，赏咏依然泗水乡。

游泗水滨（通韵）

春暖携朋沐晨色，踏青赏至泗河滨。
日高树映亭台榭，景好人吟今古文。
湖面篷船惊水浪，岸边铜鼎望烟村。
别离忽响隔栏调，顾盼左思倾耳闻。

沁园春·游金峪（新韵）

独立苍山，倚石栏杆，放眼东南。看层楼矗立，芳林茂盛，浮云隐映，碧岫清妍。适会佳节，喜迎昌运，邻里门庭尽笑颜。谁人叹？赞昔时辰景，换旧新颜。　　风光依样当年。记多彩岁添五六贤。喜金兰相伴，言欢情厚，松石对诵，诗兴才酣。临壁书文，傍峰赋韵，合契凡心天地前。转眼逝，想世间六载，不复青年。

注："圣源泗水"诗词创作征稿获奖作品，一等奖。

◆ 蔡浩彬

沁园春·泗水新印象

形胜峥嵘，骏业恢弘，景象富饶。记圣山仙境，纷呈嘉木，济河月色，流照虹桥。华渚烟晴，龙湾霞蔚，络绎游人更盛邀。襟怀阔，有锤镰铸魄，奋展雄韬。　　欣看泗水春潮。恰遘举红旗志气豪。喜万家灯火，腾骧文旅，千秋古邑，引领风骚。防疫丹心，扶贫故事，雅范文明树锦标。乘时起，愿凭栏骋目，携手登高。

注："圣源泗水"诗词创作征稿获奖作品，一等奖。

◆ 王瑞祥

泗水览胜有寄

谪仙遗剑石门山，唐韵流西去复还。
海岱名川迎卞月，泉林幽谷赋春关。
凭前偈语灵光悟，待后文峰仲庙攀。
陪尾青衫书锦绣，泗河承脉水潺潺。

注："圣源泗水"诗词创作征稿获奖作品，一等奖。

◆ 于志超

泗水怀古

百涧林泉三径幽，卞明故地溯商周。

面朝岱岳香烟缈，头枕尼山智水流。

文脉涓涓通阙里，名川荡荡到瓜洲。

寻芳乐了朱夫子，万紫千红望不休。

注：①卞明，泗水地名古称。瓜洲，白居易句：汴水流，泗水流，流到瓜洲古渡头……。朱熹诗句：胜日寻芳泗水滨……。

②"圣源泗水"诗词创作征稿获奖作品，二等奖。

◆ 张丰华

泗水新貌（通韵）

看来泗水有灵根，遍是勤劳睿智人。

今借仁风除旧制，山川草木倍精神。

注："圣源泗水"诗词创作征稿获奖作品，二等奖。

咏泗水（通韵）

繁华泗水好基因，历史英贤可探寻。

今赖天时深造化，灵泉秀木各传神。

◆ 张秀娟

鹧鸪天·游泗水

鲁郡今朝豁眼迷，清流倒影韵依依。花枝叠作红罗绮，草色皴开绿主题。　　莺婉转，水涟漪，行人如在画中移。谁将生态擎为笔，绘就泉林一卷诗？

注："圣源泗水"诗词创作征稿获奖作品，二等奖。

◆ 张兆庆

吊粉皮

大锅摇转吊皮忙，梦里相思口口香。

音义珍馐神手弄，农家烟火不寻常。

家乡粉皮乡愁深

匠心独运古源长，薯粉天生自带香。

舞勺摇花花烂漫，搅锅舀梦梦飞扬。

蒜拌滑爽真提味，油煮筋酥更润肠。

如此山珍陶醉我，加鞭催马转家乡。

泉水秀泉林美

未见凡鱼未见龙，一方恬淡自非同。

气通儒脉圣源地，情驻天涯泗水宫。

团叶看来唯对月，长条修到不跟风。

几人悟得其间意，守住心泉清始终。

鹿鸣田园采风闲吟

最爱诗经最爱卿，晓晨好客盼君行。

湖波日影闲云静，孔子神威夕照平。

播种山田消暑气，施仁世路带秋声。

从今解得归乡乐，四面啾啾传鹿鸣。

鹧鸪天·夹山冬曲

雪打残荷叶落穹，寒烟淬玉助天工。云间银瀑悬琼柱，涧底芳林挂雾凇。　　痴百里，醉千容，夹山素裹比瑶宫。情欢不晓今何季，至此方知谁叫冬。

注："圣源泗水"诗词创作征稿获奖作品，二等奖。

鹧鸪天·腊八感怀（通韵）

八宝熬香沁齿眸，霜凝玉树水凝流。清风往复催颜老，碧涧叮咚染鬓秋。　　飘四海，到瓜州，举杯邀月起轻愁。他乡纵有琼林宴，怎比娘亲一碗粥。

南乡子·粉条情怀

回想少时遥，红薯深秋即远销。此物总牵情厚意，心潮。曾记家乡做粉条。　　打粉洗淘淘，剔透晶莹美白绡。细腻似丝如白玉，妖娆。待客肥膘做上肴。

青玉案·夹山头粮仓冬韵

晚来欲雪樽清酒,望窗外,情依旧,剪水成花花渐瘦。伴君入梦,围炉别久,煮雪烹茶候。　　夹山风劲摇青柳,最数龙湾景灵秀。孤雁南飞明月守。相连山水,锦书词就,湖水风吹皱。

沁园春·夹山雪

风起龙湾,雾锁云天,雪漫九霄。看漫山遍野,丛林尽染,铺房洒院,诗韵皆敲。阡陌银装,琼峦蜡像,任意西风作剪刀。回眸处,待窗花隐去,山水妖娆。　　冰壶煮酒逍遥,写不尽,青莲吹玉箫。俏画眉依靥,文光焕彩,云笺题字,琴瑟离骚。岁月如歌,湖山似画,留影红尘倚玉雕。意欣矣,待新春来早,喜看今朝。

◆ 纪　雷

访泗水泉林

泗水访林泉,潺潺润圣贤。
清秋寻古道,厚德出机缘。

泉　林

群泉趵突润心酥,翠藻清流涌玉珠。
婉转随波生水线,晚秋双月伴鸿儒。

注:"圣源泗水"诗词创作征稿获奖作品,二等奖。

颂党恩

开宗立党启航船,永记初心一百年。

万里长征寻使命,千锤烈战创坤乾。

红旗不倒风沙举,理想无穷信念传。

实现复兴求实干,为民服务梦思圆。

天和问天

霹雳长征入九天,神舟颂党贺华年。

嫦娥奔月炎黄梦,火箭凌空日夜烟。

试问鸿蒙寻古道,敢从宇宙结新缘。

牛郎织女银河上,喜望星辰大海迁。

◆ 潘洪信

题泗水泗张镇万亩桃园

采采芳华淡淡风,春魂化蝶下云宫。

群山不待丹青手,万亩桃园尽染红。

注:"圣源泗水"诗词创作征稿获奖作品,三等奖。

题红石泉

石上听泉倚惠风,云霞不慎落池中。

清波欲渡逍遥客,一水游鱼尽染红。

姜家村太公湖早春

天心归盛在今时,泗上东风不敢迟。

疑是江南春可借,鹅黄捎得两三枝。

题安山寺

顾步流云树自听，归元万象化空灵。
十方尘外禅声起，娇啭林莺也念经。

安山寺秋之银杏

万片黄云展碧鸿，高天叠玉下长空。
金钱一地谁来数，共沐清廉阵阵风。

题安山寺涌珠泉

漱石成珠碧颗开，晴光吐玉化尘埃。
一怀澄澈长容物，惯把天空倒过来。

题凤仙山主峰

势与苍穹论短长，剑锋更识尔阳刚。
嶙峋只把蓝天恋，红叶白云时换装。

泗水滨得句

一河春意向人清，柳上新添几笔莺。
破晓云鸡犹带雨，桥头补漏两三声。

◆ 蒋里征

今日泗水

昔日都夸泗水滨，哪知光景又翻新。
手持平板忙生意，一网联通四海人。

注："圣源泗水"诗词创作征稿获奖作品，三等奖。

◆ 尤　鹏

桃花缘（新韵）

平生最爱是桃花，一遇春风任意发。

几度江湖归去后，依然报我以芳华。

注："圣源泗水"诗词创作征稿获奖作品，三等奖

行宫怨（新韵）

陪尾山前望帝京，风烟万里诉衷情。

且掬一捧泉林水，泼向人间柳叶青。

安山春秀（通韵）

安山秀了古今春，红雨凝香胜上林。

一朵云霞能醉我，老来愿做种桃人。

梨花雪（通韵）

山外粮仓带月痕，闲庭几度醉阳春。

东风摇落寒香雪，撩惹诗人又唱吟。

圣源春（通韵）

圣源儒韵古今同，泗脉流虹曲向东。

白鹤衔来春色美，清风拂去翠华浓。

夏　梦

天河冲破紫云开，万里烟霞动地来。

一曲弦歌轻入梦，只将洙泗作蓬莱。

夹山秋韵（通韵）

夹山翕凤溢轻寒，诗意盈怀裛紫烟。

泗水多情明海色，秋风尽处是龙湾。

川上吟（通韵）

川上云烟晓梦清，山城寂寞醉秋风。

且赊泉水三千丈，泼向雷泽落漏声。

粮仓秋韵（新韵）

淡云舒雁恋长天，红叶黄花染故园。

秋意盈怀无落处，推窗放进两青山。

暮雪等闲谷（新韵）

日暮苍山落笔锋，瑶台倾下雪重重。

围炉闲话江湖事，几许情怀入梦中。

◆ 周红希

圣源泗水

我步先贤泗水滨，卞桥风物四时春。

当年九鼎长归处，育得中流铸梦人。

注："圣源泗水"诗词创作征稿获奖作品，三等奖。

◆ 范黎青

泗水礼赞

远古穷桑地，而今富贵姿。

泉林江北秀，水月鲁南奇。

美政酬乡里，高怀赠岁时。

遥看征路阔，快马驭风驰。

注："圣源泗水"诗词创作征稿获奖作品，三等奖。

◆ 王克华

梦境圣源泗水（通韵）

欣临圣境遇奇缘，静谧泉林柳笼烟。

荡棹飞舟击泗水，披云卧野枕尼山。

丘同儒士笙歌奏，我与公卿岁月迁。

万亩桃花熏客醉，神游窃喜梦中圆。

注："圣源泗水"诗词创作征稿获奖作品，三等奖。

◆ 刘芝兰

圣源泗水游记（新韵）

慕名而至令人惊，古迹遗踪阆苑行。

灵雾氤氲金鼎玉，泉林缱绻小白龙。

深沉幽谷松遮日，浪漫明珠镜照亭。

阅尽民间八大景，疏忽泗水憾终生。

注1：（1）灵雾：取自泗水龙门山森林公园景点名称"灵雾龙门"。

（2）金鼎玉：泗水青龙山森林公园古称"金鼎玉"。

（3）小白龙：取自泗水陪尾山产生"泉林泉"的神话传说。

（4）幽谷：指泗水县西侯幽谷。

（5）明珠：人称圣源湖是泗水的一颗明珠。

注2："圣源泗水"诗词创作征稿获奖作品，三等奖。

◆ 郭小鹏

春日泗水（新韵）

数笛春信已相闻，燕子寻芳泗水滨。

遍野桃花开圣地，一川灵雾锁龙门。

泉林久被儒风润，草木犹随礼乐新。

我自闲行幽径里，心生禅意远俗尘。

注："圣源泗水"诗词创作征稿获奖作品，三等奖。

泗水春来（新韵）

十里桃花雨后红，清波涌翠韵无穷。
人行芳径尘将远，鸟戏泉林趣渐浓。
久仰慈颜遵礼法，长寻圣迹沐儒风。
诗笺落笔云题字，烟袅青山绕九重。

◆ 马庆生

泗水怀古

泗水滋灵秀，烟波连碧林。
松云留澹影，霁月照高岑。
所贵儒风厚，已欣文脉深。
斯多才俊士，慕仰亦倾襟。

注："圣源泗水"诗词创作征稿获奖作品，三等奖。

◆ 刘灿胜

游泗水泉林（新韵）

千朵白莲映碧天，游鱼翔鸟俱清欢。
习风拂水声如磬，打落红尘万缕烟。

注："圣源泗水"诗词创作征稿获奖作品，三等奖。

卞桥感怀（新韵）

三道残虹枕水声，四尊狮子望苍穹。
几只喜鹊啼明月，犹带卞国遗韵风。

赞泗水圣源酒店服务员（新韵）

丹桂飘香紫燕鸣，峨眉秋月水芙蓉。

一声"您好"温馨话，三九寒冰也动情。

◆ 徐振洲

粉笔情

天天磨练费思量，妙手成章昼夜忙。

春去秋来酬壮志，花开四季满山香。

盼　归

相思如水满江流，岁岁年年两岸愁。

花落花开人易老，鹊桥何日砌心头？

春漫山村（通韵）

燕舞莺歌欲断魂，碧桃红杏又争春。

马达声里千家乐，何处山乡不醉人？

游览泗水植物公园

香风扑面燕声稠，满目春光满目收。

翠柳含情迎客笑，白杨鼓掌逗宾留。

蕊开似锦红千树，草染如毡绿几丘。

水唱河欢催醉意，谁摇橹桨荡飞舟？

注："圣源泗水"诗词创作征稿获奖作品，三等奖。

过泉林（通韵）

杨柳翩翩笑语稠，河清泉秀绕村流。
跃鱼水上鸭击浪，鸣燕空中月荡舟。
风破群山沉醉影，歌飞两岸胜游秋。
依波广厦擎天处，借问乡间第几楼？

秋过泗水圣水峪乡两首（通韵）

一

燕舞翩翩入眼帘，云飞波碧水潺潺。
岭前禾稼千层浪，峰后牛羊满地欢。
车辆如梭连四海，梯田似链锁群山。
霞光尽染丰收道，梦里依稀笑语添。

二

一年一度庆生辰，儿女频频献孝心。
鱼卧龙盘盛秀色，鸡鸣凤碗报温馨。
山珍藏肉香扑面，海味游虾美漫唇。
宾客纷纷来祝贺，声声鞭炮乐天伦。

农家婚事（通韵）

农家婚事又翻新，彩礼迎来满目春。
四电三金成惯例，一抽两甩破陈姻。
钱财作马鸳鸯路，钞票搭桥草木根。
忧喜交加妆丽景，谁知父母泪穿心？

父母情（通韵）

细雨甘霖长辈心，真情厚意价千金。

且求寒舍龙添翅，期望新家凤入云。

儿女牵肠连肺腑，子孙挂肚贯晨昏。

温馨岁月天天过，父母珍藏一片春。

鹧鸪天·过泗水山庄（通韵）

胜日寻芳泗水滨，无边春色罩山村。马达声里千家韵，桃李花中数朵云。　　山唱晚，水勾魂，白云深处看楼林。渔歌拦住游人路，何处山花不醉人。

一斛珠·济河春景

济河春漫，白杨翠柳淹城半。鸭群击浪谁归晚？灯下飞船，又把游人恋。　　风流今日旋醉燕，经冬倍感三春暖。待君来日寻芳伴，无限相思，尽在济河岸。

◆ 吴学臣

今日泗水

生机古邑远名扬，湿地林菁织绿疆。

一脉清泉文厚重，千年锦水韵深长。

凤仙山里桃花艳，苗馆桥边冻粉香。

度假观光开富路，新征阔步更辉煌。

注："圣源泗水"诗词创作征稿获奖作品，三等奖。

◆ 李奎花

秋宿安山寺

借道向山行，寺中花木惊。

寒蝉眠暮色，疏叶动秋声。

听雨清愁去，伏书幽梦成。

深宵人复醒，已是月初明。

桃花赋

春送枝头叠叠风，山间无处不桃红。

入尘且作多情客，试问花期孰与同？

注："圣源泗水"诗词创作征稿获奖作品，三等奖。

题安山寺银杏树

立冬过后一山金，缕缕诗情叶上吟。

但愿寒风莫来早，长留告慰客人心。

◆ 宋廷林

泗水新貌

琴弦牵我上高楼，靓丽蓝图醉眼眸。

逝者如斯人未歇，泉源作墨绘风流。

注："圣源泗水"诗词创作征稿获奖作品，三等奖。

◆ 李义功

咏泗水圣地桃源

泗水春来万媚生,桃源美景气恢宏。

诗吟花海蝶蜂舞,画写云天燕雀鸣。

细雾蒙蒙滋圣地,青山漫漫扮名城。

遥观岸柳风吹动,醉卧亭台享日晴。

注:"圣源泗水"诗词创作征稿获奖作品,三等奖。

◆ 曹伯林

泗水礼赞

青山绿水有人家,雅集儒贤四海夸。

最是攻坚脱贫后,春风吹绽富民花。

注:"圣源泗水"诗词创作征稿获奖作品,三等奖。

◆ 王培章

泗水抒怀

秀美观光泗水明,千红万紫养生城。

名泉荟萃喷潮涌,度假行游赞誉声。

注:"圣源泗水"诗词创作征稿获奖作品,三等奖。

青玉案·泗水颂

钟灵泗水情如许。听蛙鼓、望鸾舞。湖水波光滨岸树。青山叠翠,柳云飞絮。引得游人聚。　　城乡面貌缤纷露。大厦高楼耸如柱。购物交通皆有序。园林香满,蝶蜂来去。奔赴康庄路。

◆ 王启亮

古邑泗水礼赞

鲁国名城泗水滨，百年古邑世风新。

卞桥美景安山寺，万紫千红处处春。

注："圣源泗水"诗词创作征稿获奖作品，三等奖。

题泗水卞桥

泗水名城惬意游，雄狮傲首立桥头。

醉眸风景今何在？双月堪称第一筹。

◆ 唐广才

今日泗水

万紫千红泗水城，百佳县市日繁荣。

昌兴伟业开新旅，振奋精神启远征。

注："百佳"指泗水县荣获2020中国夜经济繁荣百佳县市称号。

泗水吟怀

最美宜居度假乡，千年泗水盛名扬。

欣观鸟岛鸳鸯戏，爱赏龟山白鹭翔。

竹径摇青辞旧貌，桃源倚翠着新装。

倾心崛起圆清梦，矢志腾飞启远航。

注1：鸳鸯、鸟岛、白鹭、龟山、桃源均为泗水万紫千红旅游度假区景点。

注2："圣源泗水"诗词创作征稿获奖作品，三等奖。

◆ 刘爱美

泗水新记

古有寻芳泗水滨，今朝巨变泽乡民。

辉煌岁月能开拓，秀美山川绎创新。

一捧诗心全景舞，几番客梦满街巡。

紧追步伐书时事，且赋繁荣且写人。

注"圣源泗水"诗词创作征稿获奖作品，三等奖。

◆ 秦继武

泗河风光

风光洒落泗河湾，苇岸清幽映白山。

几处争鸣轻晾翅，观鱼荡尾水潺潺。

石碾情

牛铃暮色斜阳处，五谷初登老碾盘。

过尽繁华谁解语，槐荫漫忆旧时欢。

卞桥双月

大定重修石卞桥，莲花拱脚踏烟涛。

何时皓月垂青夜，倚杖双波逐浪高。

凤仙叠翠

陶乡古道袅炊烟，桑柘层峦誉凤仙。

若得流云成雨露，青山叠翠映松泉。

龙湾落霞

龙湾碧水落彤霞，万道金光映菊花。

一叶轻舟何处弋，悠然烟渚掩人家。

◆ 李洪挺

幸福（通韵）

党恩浩荡尽福音，户户小康穷断根。

酒不醉人人自醉，春光无限暖吾心。

遵义会议有感

胜败攸关一瞬间，长征路上谱诗篇。

历经黑夜行千岭，但见红星照万川。

遵义迎来春色日，航船驱散雾云天。

英明舵手狂澜挽，海北山南捷报传。

◆ 何　勇

桃花岗上看落叶

阵阵寒风俏，纷纷落叶飞。

萧萧馀一片，恋恋不思归。

采风西头村

仄径幽犹曲，牵行向翠微。

观云遗世外，望母就山围。

木秀生灵气，天青布素晖。

听风穿岫壑，仙鹤已翩飞。

望母山撷秀有感

彤彤遮日影，弥远彩霞连。

雨洗无边色，云烧一半天。

蒙蒙浮蜃景，冉冉弄脂胭。

望母山邀客，西头已未眠。

鹿鸣晨晓

日出林光漏，池塘习习风。

闲云时映竹，飞鸟自啼嵩。

笔墨书深意，田园炫彩虹。

尼山常眺望，晨晓鹿鸣空。

夹山头雪韵

雪落夹山宾客临，红炉煮酒奏瑶琴。

琼芳挂树粮仓艳，户外寻梅听竹音。

桃花岗寒潮来（通韵）

碧空如洗冇埃尘，红日行天格外新。

不是寒潮彰霸气，桃花岗里净乾坤。

庆祝建党百年华诞·七一有感

烟雨嘉兴始起航，红船破浪历沧桑。

征帆何惧风雷骤，行路犹知岁月长。

泗水春花方烂漫，泉乡旗帜已辉煌。

开天筑梦回头看，往事悠悠尽自藏。

赞"县派第一书记"

驻村书记感情深，沐雨栉风巡碧岑。
筑路治山渠引水，耕田育种土生金。
脱贫创业开功业，致富为民送福音。
不忘初衷肩使命，党和百姓一条心。

立 秋

电闪雷鸣暑气收，云山堆砌漫重楼。
莺啼仓上怀孤念，雨过河中赴远游。
隔岸题诗杨柳嫩，临溪照影晚风柔。
乡愁难忘堪追忆，回首红尘又一秋。

◆ 刘昌东

贺建党百年华诞

理想坚持意志艰，神州血沃忆红船。
人生报国经风雨，星火燎原惊地天。
百载英才诗里咏，千秋伟业梦中圆。
复兴之路齐携手，不忘初心写锦篇。

◆ 张立芳

游凤仙山

何事天工鬼斧开，青山碧水上瑶台。
峰头丽日悬成画，云下清风扫净埃。
古洞寻仙灵鸟引，彩霓飞瀑暗香徊。
桃源重现诗情满，不尽陶翁挤进来。

泗水农家种金银花致富

浩荡清风浮旭阳，园林作画蘸芬芳。

丰收自是田中取，砥砺还从脚下量。

万亩生花新世界，一藤并蒂绿银行。

农家妙手轻轻摘，采得安康抱小康。

◆ 马建军

圣源泗水

万紫千红泗水流，桃源十里泛轻舟。

安山银杏逢春秀，砭石温泉伴月柔。

问道寻仙诗酒白，事亲负米圣贤由。

龙门虹鳟康乾赞，夕照卞桥飞鹭鸥。

注：白，指李白；由，指仲由。

◆ 张　鹏

过泗水县赏桃花

不辞辛苦挟风尘，遣兴驱车泗水滨。

万亩桃花红似锦，无边草色绿如茵。

蹴枝沾露频来燕，穿径贪香屡过人。

最是年年开盛会，相邀天下醉于春。

◆ 刘　燕

李白庄

隔云鸡犬近龙门，烟树高碑认古村。
洙泗波光清入座，汉唐月色澹盈樽。
钟灵福地游何乐，卜筑诗仙迹尚存。
若趁渔歌闲载酒，相呼一醉是桃源。

◆ 聂振山

建党百年之际游泗水安山寺

绿波载我上安山，冒地彤云绕浪潺。
耳畔难闻唐暮鼓，花中不见汉时鹃。
近听玉笛红歌奏，远望青峰紫气旋。
泗水脱贫圆好梦，老僧返朴唱丰年。

◆ 叶兆辉

建党百年之际游泗水感怀

泗水寻芳始问津，泉乡携酒赏鱼鳞。
一川旗帜山河壮，百载名区岁月新。
捧日干群心有党，向阳事业梦逢春。
圣贤故里流连处，儒学振兴诗韵淳。

◆ 郑淑鹏

泗水跟党筑梦圆（新韵）

泗水百年天地覆，镰锤指向倒三山。
脱贫致富黎民裕，不忘初心筑梦圆。

泗水万亩桃园（新韵）

桃花盛绽日灼红，已送芳菲到古城。
一望无垠如幻境，谁将泗水化仙宫？

赞子路（新韵）

泗水河滨诞仲由，儒家门内拜师修。
忠直勇敢存豪气，君子之冠戴在头。

党领泗水换新颜（新韵）

启碇红船上百年，镰锤圣地换新颜。
千花烂漫湖泊系，一处清幽泗水源。
溪谷迷人人爱恋，安山醉客客流连。
脱贫致富黎民裕，不忘初心永向前。

咏仲由（新韵）

出生泗水历清贫，志向学儒进孔门。
三载治蒲泽雨露，一回理郕惠黎民。
为人勇敢伸张义，做事忠直恪守仁。
君子逝前冠不免，先唐后宋受封频。

游泗水万亩桃园（新韵）

驱车泗水踏青行，万亩桃园靓目瞳。
朵朵妍花欢对日，枝枝嫩叶笑迎风。
甘霖昨夜涤姣面，玉露今朝洗雅容。
但盼秋丰结硕果，庶民桌上把辉增。

鹧鸪天·游泗水桃园（新韵）

百里驱车泗水行，桃园万亩靓眸瞳。枝枝嫩叶欢朝日，朵朵妍花笑对风。　　蝶曼舞，鸟嘤鸣，构图此景似陶翁。游人留下声声赞，更盼秋天硕果丰。

满庭芳·题泗河源（新韵）

两面青山，一溪碧水，娇妍泗系河源。众泉喷涌，河道里潺湲。洲渚滩汀绿染，芦苇荡、布满源间。生机旺、花开蓼上，彩色更斑斓。　　群欢。源里见、鹭鸶起舞，蛙类声喧。众多鹈鹕游，大鸨习潜。识趣蟾蜍擂鼓，大白鹳、昂首高谈。尤其是、桃花水母、助靓泗河源。

齐天乐·泗河源

鲁西南部群山矗，泉林绿波积聚。两面青山，一溪碧水，缓缓潺湲流去。滩汀陆渚，尽异草奇花，量多无数。倩靓河源，任凭风栉沐霜露。　　禽蛙友好相处，体柔歌婉转，优雅同步。鸥鸨腾飞，鹈鹕摇槖，展翅翔云多趣。翩翩鹤舞，正伸展腰肢，欲将鱼捕。蹦跳青蛙，共鸣诗韵谱。

[正宫·塞鸿秋] 泗水进康庄（新韵）

镰锤照亮山东泗，驱倭倒蒋山河赤。改革开放清除弊，脱贫致富临门祉。百泉一水清，万紫千红丽。复兴圆梦康庄至。

◆ 史月华

泗水泉林

洙泗流芳骏业隆，圣源逐梦继儒风。

百泉竞涌千山秀，尚礼崇文日子红。

儒风泉韵

洙泗流芳客梦长，儒风泉韵奏华章。

百分答卷谁书写，焕彩锤镰耀四方。

题王家庄（新韵）

王家庄里沐清风，古韵新姿向锦程。

溪水板桥呈胜境，花街石巷展芳容。

人描画卷谁书彩，乡建桃源党映红。

洙泗华章催奋进，非遗夺目醉传承。

题泗水泉林

百泉竞涌千山秀，

一脉相承四海亲。

题泗水圣源酒店

洙泗流芳，文脉相承，万紫千红春色好；

圣源逐梦，儒风鼎盛，五湖四海一家亲。

◆ 王谦一

圣源礼赞（通韵）

泗水泛波滋圣地，灵光霞彩染云天。

礼崇忠厚情如海，神化仁慈义比山。

奋战征途圆大梦，应酬壮志启高帆。

同心勠力兴齐鲁，争创辉煌领世先。

◆ 于明华

文韵泗水（新韵）

比邻德者欲追贤，颂我文宗忆圣源。

朱子赋诗歌泗水，仲由至孝奉慈萱。

千山吐秀花开乐，百鸟寻芳燕唱欢。

遍野暖风梳碧浪，缤纷桃李逸姿颜。

泗水秋韵

潺潺碧水出泉林，听那流声韵似琴。

润得花红山更艳，育来地绿稷皆歆。

小城锦绣嘉名获，大业辉煌瑞气吟。

喜沐风清邀皓月，纵然一醉也舒心。

◆ 鲁海信

泗水怀古

泗水泉林四海扬,明珠璀璨史辉煌。
近闻古寺晨钟悦,遥目卞桥双月昌。
孔子救生弘美德,仲由崇义记贤章。
梵音雅韵安山妙,历历荣华百世芳。

◆ 王　彧

泗　水

源于陪尾奔腾出,喷玉吐珠生瑞烟。
清澈可看鱼乐水,空明唯见鸟鸣泉。
仲尼季子留佳话,李白王维有妙篇。
当日朱熹寻胜处,千红万紫斗芳妍。

◆ 傅黎明

泗水怀古

粼粼碧水探源流,汇入瓜洲古渡头。
吴地愁肠犹带涩,泗河秀韵更携幽。
笛鸣怀绪思堪切,月落登楼恨亦收。
千载名词常诵咏,远山春意望君稠。

◆ 马金玉

游泗水县凤仙山

仙山宛若脱尘埃,石径穿天甚妙哉。

峭壁青松迎客至,灵泉锦鲤待吾来。

遥看古刹思钟鼓,近坐凉亭赏刺梅。

绝顶登临心气爽,群峰相佐白云陪。

念奴娇·游泗水县西候幽谷

徐行小径,见浮云缥缈,似堆阶上。棘蔓绕枝缠怪石,嫩翠迎风高涨。叶下鸣蝉,山中知意,语调堪洪亮。啾啾啼鸟,似吟层岭万象。　　忽现碧水仙池,红渠带笑,银鲤时来往。小坐凉亭消薄汗,细看险峰模样,峭壁如刀,飞流瀑布,如泻三千丈。偶闻鹰隼,唳声空谷回响。

◆ 王立军

今日泗水

寻芳泗水一何殊,到此方知景不孤。

漱玉声中听故事,腾龙势里展新图。

千年城郭清风满,七彩园林碧草铺。

信是丹青有神韵,皆言笔秃亦难书。

注:尾字书韵采用孤雁入群格。

◆ 张悦胜

泗水礼赞

朱熹胜日话寻芳，泗水千年诗韵长。

景色随心牵梦寐，安山着意挽春光。

泉流峡谷云分影，鸟啭花林语带香。

别有风情新雨后，天蓝如洗共斜阳。

◆ 吴成伟

游泗水西侯幽谷（新韵）

鲁南峡谷最，沟壑兀分三。

白练瑶池画，清流泗水源。

激雷听响瀑，催棹望通天。

孔鲤登高处，惟将礼纪传。

◆ 罗 伟

游泗水泉林泉群

陪尾泉千百，竞成丝竹音。

长弹王者乐，曾照圣人心。

澄净浮红远，清泠入翠深。

徘徊明月夜，可许我微吟？

注：泉林泉群景区位于泗水县城东 25 公里的陪尾山下，是古老泗河的发源地。

◆ 侯守玉

今日泗河有寄（通韵）

历尽沧桑貌更新，望中两岸景如春。

我心随浪千重起，万丈诗情颂党恩。

秀美泗水乡村游有寄

农家旧貌换春娇，房阔林阴掩庶饶。

古老迹痕开景业，好山好水客如潮。

◆ 国洪升

泗水游吟

神往心驰泗水滨，山河如画醉游人。

宏图万卷家园美，骏业千秋福惠民。

◆ 张孝华

泗水人家

土沃人勤好种瓜，丰年特产誉天涯。

党恩犹似泉林水，清澈浇开富裕花。

农家游泗水温泉（通韵）

卖罢丰收尽笑颜，小康圆梦去休闲。

一池温润神泉水，浴我娇妻胖玉环。

◆ 韩德春

泗水美

源远流长泗水流,圣人曾在岸边游。

山泉润果真香艳,美景盈川一望收。

◆ 王　君

春韵图（新韵）

春暖山河绿,鲜花次第开。

五颜七彩韵,似画入眸来!

◆ 贾善勤

泗水赏花

春日诗文诵万家,桃林仙境灿如霞。

慕名千里寻芳处,醉卧他乡戏咏花。

泗水咏泉

喷玉涌珠陪尾山,青溪流韵水潺湲。

落花有意随波去,心向江河入海湾。

◆ 王志刚

泗水寻芳

凤仙松秀鹤飞鸣,泗水欢歌奏合声。

先圣留芳延史话,甘泉汩汩颂繁荣。

◆ 张新荣

题"泗水赏花汇"春日桃园行（二首）

一

年年三月岭云红，婀娜娇羞沐惠风。
万亩桃林成一景，慕名游客陷花中。

二

天漫红潮扑面来，娇羞花朵欲亲腮。
聊将韵放桃林里，共与清风把句裁。

梅精灵

欲放一枝堪绝伦，魂牵吾辈探花人。
赏诸仙子方知道，天造精灵秀早春。

◆ 张德民

泗水寻芳

至圣先师万世传，鲁齐洙泗著根源。
凤山泉韵等闲谷，古迹新葩萃一园。

捣练子·圣源泗水

先圣迹，泗河滨。遗址前贤犹尚存。艺术为粮闲谷处。往来游客尽销魂。

注：艺术为粮，泗水在旧国家粮仓的基础上，创建的国家级文旅创意文化基地。

◆ 赵仁胜

泗水赞（通韵）

名泉荟萃众如林，万紫千红景色新。

圣地桃源生态美，乾隆驻跸作诗文。

鹧鸪天·咏泗水美景（通韵）

万紫千红景色新，清泉荟萃数泉群。名城古刹泗张镇，圣地桃源幽谷林。　　游峡谷，越龙门。观光寻趣益心身。雄峰碧水风光秀，天子出游曾赐文。

◆ 隋秀平

泗水歌韵（通韵）

船移桨动闪波光，纹浪叠推谱曲忙。

盛世心中生好韵，万千妙律尽情吭。

◆ 耿金水

点赞泗水（新韵）

荟萃泉群泗水东，谁知胜过济南城。

西迎孔圣连曲阜，陪尾山扬四海名。

◆ 陈　鹏

安山寺登山

逸兴向郊游，登高莫畏愁。

听风松上唱，观水涧中流。

红日明禅院，白云浮画楼。

心安天道境，始得意无忧。

春游泗河

熏风暖日沿河觅，美景良辰泗水堤。

老树方青无旧事，柔枝渐绿有新荑。

烟含细柳千千絮，玉锁娇莺恰恰啼。

欲解渔舟轻掌网，撒开秀色满山溪。

采桑子·龙门山游（通韵）

鸡公山下游人沸，青草葳蕤。碧水清晖。亟待山中探翠薇。　　将军石上图一寐，花语芳菲。蝶影形随。好景龙门莫拟归。

◆ 刘世安

机车开进新农家（新韵）

泗水机车进万家，心头喜悦爱人夸。

乡村巧匠传经验，致富脱贫一路发。

农村新貌

面貌全新马路平，村民遇见喜相迎。

高楼大厦惊频起，国策连心惠众生。

◆ 李永奇

泗水寻芳

千年泗水出贤名，福泽香林绕盛城。
鹊唱安山传子路，民居乐业聚群英。

◆ 刘中明

赞泗水发展

且看今朝泗水滨，日新月异四时新。
为民执政仁恩厚，万户千行沐暖春。

◆ 薛兆东

泗水新咏

元晦遗诗泗水边，千红万紫至今妍。
群英引领新时代，此处风光更胜前。

◆ 冯强升

泗水春日

乘兴重游泗水滨，清风吹送焕然新。
脱贫国梦同圆日，疑是瑶宫大写真。

◆ 王启远

泗水赞

千红万紫越千年，泗水风光抒锦篇。
灵地英贤群倍出，绝优胜景艳今天。

◆ 郑学友

党旗下的泗水

驱车泗水绕河滨，万紫千红景色新。
试看党旗招展处，丰衣足食四时春。

◆ 张国增

咏泗水花生

泗水花生脆又香，家餐国宴派前场。
健康优质为根本，四海钟情载誉扬。

◆ 张建华

泗水寻梦（通韵）

昔有名人叹逝川，今朝海岱啸英贤。
卞桥风物寻何在？游客纷纷指圣源。

◆ 韩　帆

泗水风流赞两首（通韵）

一

泗水风流竟圣神，雷泽主宰换新人。
应龙化雨泉林旺，致富高歌谢渥恩。

二

泗水华年竞一流，脱贫致富劲方遒。
灵泉古寺迎新客，朱子寻芳故地游。

◆ 孙亮华

咏泗水丽景

泉乡圣地畅春游,泗水安山古渡头。
仁德传承育佳景,万红千紫竞风流。

◆ 刘德茂

乡村新貌

清洁长街户户通,繁花绿树两边葱。
若言谁是丹青手,党的光芒照碧空。

◆ 孙思华

鹧鸪天·尹城香雪（新韵）

梅问群蜂恋此花？蝴蝶展翅寿阳花。山飘云朵起流韵,我令春风醒睡花。　　梅谱曲,水吟花。房前屋后状元花。招来美女争相嗅,哪是娇妻哪是花？

浪淘沙令·尹城湖之醉（新韵）

霜女浴湖边,大赏欢颜。清风会意续千言。蜂舞蝶翩云漫卷,醉我诗篇。　　朵朵绽心间,喘气浓甜。残英装袋举家还。醉过飞机熏铁路,友见沉酣。

◆ 张效宇

鹧鸪天·泗水流韵

喷涌成川润万丰，泉林陪尾又东风。泗清河逐金山景，万紫园徜银色宫。　　民美誉，帝情钟。茶清酒烈柳烟中。重寻胜日悠芳路，破浪排云腾九鸿。

◆ 管恩锋

鹧鸪天·泗水泉林

绿色葱茏四季春，涓涓泉水泽乡民。涌珠喷玉鸟声翠，拂柳临川月影新。　　游客子，住仙君。岱宗水系脉连根。圣人咏叹名家颂，一代文明一代魂。

◆ 高怀柱

鹧鸪天·游圣源湖公园

紫燕欢鸣白鹭飞，一湖碧水映春晖。云来隐入柳杨瘦，风起吹翻蒲笋肥。　　楼影现，浪波微。花随蝶伴愿无违。天蓝水碧新城亮，总使游人笑上眉。

鹧鸪天·乡村广场舞

新院新房业有成，健身场所舞新兴。铁牛耕地农忙少，网店销粮物购轻。　　强体格，美人生。朝晖暮霭好心情。县开大会迎春赛，一曲村歌跳进城。

◆ 安殿轩

咏泗水县安山寺银杏树（新韵）

根深植大地，枝茂贯苍穹。

风雨犹何惧，身荫庇众生。

咏泗水县中册镇凤仙山（新韵）

鸟栖能化凤，君宿可成仙。

圣域神奇地，天然靓景观。

贺泗水鲁源文艺交流乐园更名升级（新韵）

鲁郡贤达广，源泉泗水长。

文坛骚客咏，艺苑会旗扬。

交往神州士，流播现代光。

乐谈天下赋，园地墨花香。

赞泗水美丽乡村（新韵）

党恩浩荡惠乡民，秀丽圣源遍地春。

植绿泉林铺锦绣，染红泗水浴清新。

华灯点亮村中路，瑞鸟吟欢梦里人。

信步平阡舒望眼，蔬丰果硕美传神。

◆ 谢林行

贺泗水李白村牌坊落成
牌坊庄重座村头，后世儿孙敬永秋。
裂素金文书古意，谪仙宝笔颂神州。
举樽踏月佳章涌，逸翰飞鹏碧落游。
天降雄才领千载，珠玑玉律亿民讴。

◆ 尹凤岗

咏泗水县（通韵）
泗水滔滔奏雅音，泉林沃野艳阳春。
古今墨客诗章赞，文脉千年毓后昆。

泗水吟（通韵）
沂蒙山脉贯泉林，优雅篇章万众吟。
开放改革呈胜境，脱贫致富建新村。
老区勋业辉煌地，先烈功名璀璨今。
泗水城乡多靓丽，诗仙故里庶民亲。

◆ 姜守彦

游泗水南仲都
泗河流水碧溶溶，杨柳参差点染工。
楸木千枝融入绿，桃花万亩抹成红。
园中唐井多甘露，街里民心有古风。
百姓清纯真善美，豪情壮志傲苍穹。

◆ 殷家鸿

泗张八题：
题万紫千红杯颁奖

八方咸集会芳晨，诵雅吟风未了因。
绿水有声曾着意，青山如画也怡神。
钩来日月辉煌史，打造诗联锦绣身。
颁赐殊荣圆客梦，千红万紫又逢春。

万紫千红征联颁奖感赋

青界湖光映日边，功偕勤绩著凌烟。
引来百鸟鸣商羽，透过重霄报帝天。
文敛大家金粉饰，诗吟小镇古声宣。
高风三迭扫浮叶，执斧伐柯犹忘年。

安山寺怀古

凄警晨钟鹤梦惊，千年古刹伴三生。
香燃紫气浮天子，佛度红尘作凤声。
银杏禅光慈色灿，金戈梵迹玉毫清。
坟添新塔名僧死，十二因缘授甲庚。

拜访银杏树

树老苍龙幻化功，立身仰止圣人风。
一轮斜月枝头照，三界浮云眼下空。
雁去秋光更客旅，凤来瑞气变梧桐。
晨钟暮鼓安山寺，香绕霞披万道虹。

夜宿未来山庄

客旅奔波一日疲，枕衾顿改梦来迟。

窗前月影流光过，栏外秋声夜幕垂。

展卷三篇闻晓讯，催更五鼓费南词。

今宵寄宿无虚度，尚得平生最丽诗。

儒孝文化体验馆

昭宣儒道以修仁，旧影随时解世尘。

面壁悟禅明克己，感恩仗义济悬民。

山连琴韵浮生梦，海记杯羹慧雨神。

东鲁钦开书一卷，桃花乡里沁园春。

秋游青界湖

青界神湖落泗张，鬼工开物别丘荒。

桃花逝去韶华贵，水母归来碧露良。

若是天倪临紫气，定沿人迹建仙乡。

云波含秀依心处，愿与陶卿共热凉。

楹联之乡

一脉炎黄圣祖村，先师解语授三论。

八乡十里留仙迹，万户千家挂墨痕。

桂出月宫香染翰，泗来天国水融恩。

清光保荐携东鲁，琴韵铭心剑是魂。

◆ 李传生

安山寺

古刹安山涧壑藏，公孙比翼配鸳鸯。

圣人植下千年绿，元化身前一炷香。

注：元化，神医华佗的字，安山寺内有一个华佗殿，香火不断。

凤仙山

古藤花影醉霞烟，跑马青松绕凤仙。

骑射习戎成远话，桂英宗保藕丝连。

注：跑马：即跑马岭。相传是杨宗保和穆桂英练习骑射的地方。

◆ 王　斌

满庭芳·阳春桃花灿
——游泗水泗张桃花园有感

明媚阳春，泗张林醒，桃园万亩芬芳。俏中争艳，花绽散清香。姿蕊妖娆百态，好养眼、粉素轻妆。心舒畅,世间烦事,让我怎愁伤？　　晨光，添雅趣，蝶飞逗蕾，蜂唱翩翔。引淑女欢颜，浪漫奔忙。贤客吟诗颂美，赞锦绣、心荡昂扬。依之恋，山乡在变，回味久思长。

◆ 孙者奎

泗水十景：

华渚晓月（新韵）

文明旧迹越千年，大美清池月亮湾。
潋滟湖光藏古韵，苍茫夜色拢新川。
风吹碎玉英灵在，雾漫香台正气牵。
圣者真容存史册，曦辉入景赋诗篇。

西侯幽谷（新韵）

傲骨喷张幽谷静，瑶池设宴候神明。
松涛蔽日龙门阵，雁影横秋圣地行。
也讲悬空仙去舞，还知绕水剑生惊。
将军石上风尘渺，王母和颜指路程。

龙门灵雾（新韵）

寒潭静水蕴情深，紫雾飞腾拢法门。
极目峰峦堆翡翠，开怀日月降甘霖。
诗仙醉去谁人问，墨客归来候我音。
福地灵光多彩锦，龙津入谷万庄新。

凤仙叠翠

峰林壮阔定吞天，泗水娇花满丽川。
彩蝶成双幽谷炫，黄莺入队寂亭穿。
风清几世舒心曲，竹瘦三分扣月弦。
叠翠光华谁可拟，紫藤醉梦万枝缠。

安山春秀

依山傍水万花幽，翠秀流芳世代谋。
一寺祥和唯识辨，二泉自在不言愁。
千年银杏黄金盖，六洞天神法力求。
试借东君传喜讯，仙音丽景起重楼。

泉源胜地

盛世风华赞水涵，经年不息美名谈。
百泉喷雪千秋醉，八景含羞几季酣。
紫锦行舟真国色，红荷望月俏江南。
乾隆御笔还风趣，夫子登高一叹惭。

圣山仙境

独啸仙台气自扬，风霜蚀刻现洪荒。
山间乱石穿空至，岭外闲云入地常。
一目千鸿凌绝顶，三村百画伴清塘。
皇姑悟道青岚下，先圣开坛碧水旁。

龙湾落霞

欲觅鸣禽自在翔，龙湾美景赏霞光。
银波浩淼明禅境，素月无邪好梦乡。
一见倾心归意起，相逢入座醉花旁。
腾飞白鹭钟情地，秘岛随缘共日长。

长峰独哨（新韵）

红崖耸立与天齐，满目青峰在竖梯。

密谷方宁知雾坠，疏林自远识花低。

平观道院幽深路，淡看山门寂寞尼。

悟法修身依万仞，梵音漫过夜阑溪。

济河烟柳

试问源头济水幽，千般美景为君留。

风扶万树繁花觅，雨洗三亭丽影收。

仲庙巍峨传道义，天云浩淼论禅修。

堆烟细柳编帷幕，琴瑟和鸣满目柔。

龙门山

高峰望起旭辉开，静候飞龙翠岭来。

一寺灵光通佛影，千贤蕙质识经台。

传闻喜雨如期至，莫道清风失约回。

古杏询湖知旧井，苍颜几岁把君猜。

泗水尖山

灵峰厚重淡争雄，往事依稀觅岭丛。

矿石遗痕思跃进，田间育种盼成功。

敦敦入话农家景，缓缓敲门道里风。

笑说寻它千百度，宁安两字慧心通。

泗水安山寺

群峰环抱惹君牵，诵法飞音逗亮泉。
石洞揣摩罗汉意，桃溪映射圣人缘。
谁将银杏师来表，哪个莲池佛去传？
万亩馨香堆妙境，仙踪度假不归天。

鸿山寺

山涧溪流自在冲，桃花水母汇灵踪。
初闻一寺超凡在，后识千香礼佛逢。
清净坛场常论道，庄严宝殿也言庸。
兰心蕙质虔诚敬，法界蒙熏向暮钟。

泗水万紫千红（新韵）

湖光俊美太虚清，欲觅仙踪寂谷行。
自古休闲寻幻地，从来入定伴禅声。
游船荡水微波醉，别墅归林旭日迎。
青界龟山涵玉黛，花红晓岸候心明。

保寿乐·二十四孝之泗水子路百里负米

思泗水泉鸣处,子路贤名声久矣。尽孝奉双亲,负重前行,不分昏昼。列鼎南方，倒添惭愧色，何来普天同喜。待辨问人寿，是否能贿。　　好强扬威都视。幸诱导、天慈来启。浮生武夫辨，真悍勇，信忠启。仁孝果烈共，真如阔天芳卉。切莫说儒雅，逢他目鄙。

木兰花·慢题泗水泗张镇桃花节

恰桃花人妒,邀君醉,泗张间。望蕊绕晴川,香缠老树,曲乐齐天。谁言。弱肌无骨,让娇颜触目赛天仙。满目双溪花语,似言昨夜寒暄。　　心牵。墨客诗言。寻倩影、在名泉。十里歌,恍入三生十世,梦里桃源。流连。满山万紫,赞乡情浓郁好悠闲。试解桃花春讯,须知结义方欢。

◆ 马本涛

安山寺两首（通韵）

一

阳光洒满山,银杏脉连泉。
慨望齐天景,民福四海安。

二

安山青岭秀,金叶梦中圆。
树下秋声去,灵光总是缘。

泉林三首（通韵）

一

春秋岁岁延,甘水涌千年。
川上儒风在,泉林是圣源。

二

潭底珠翻碧水清,春光添色有诗声。
一川寄望芳流久,源远无穷化圣灵。

三

清泉自古誉菲芳,万眼珠花透玉光。
福地奔流传圣迹,千秋海岱世无双。

李白客居泗水（通韵）

东鲁诗吟泗水头，清波月照客无愁。

千樽美酒人成对，雅韵风流任放喉。

夹山粮仓（通韵）

一时撞见映奇观，艺创粮仓抱月眠。

北岭窗含独色秀，青春万里梦长天。

水调歌头·泗水春（新韵）

胸藏一腔血，脚踏半溪云。清波光恋，太平天下喜和频。洙泗龙吟虎啸，雪霁安山俏步，追梦瘖留痕。岁月厚德赞，时代俊英尊。　日辉耀，空碧阔，物华新。画图丽美，击鼓吹号奏强音。白玉羊毫泼墨，锦赋情词集魄，邀李请苏临。舞影狂歌处，潮涌向长春。

◆ 辛中发

李白村"楹联之乡"授牌仪式

泗水之滨李白村，千年文脉古风存。

于今更有群贤至，笔墨生花共一樽。

李杜结伴游东鲁

对酒当歌饮几尊，欣然结伴上龙门。

千年胜迹留何处？泗水河边李白村。

太白井

疏疏村落泗河滨，有井一方秋复春。
只是诗仙曾照影，至今犹觉不沾尘。

龙门山

诗仙诗圣谒龙门，灵雾氤氲万象浑。
烟雨千年俱过往，此间自有古风存。

太白泉

诗题东鲁水山横，一掬清波尘不生。
我距斯人千载后，至今捧起有余情。

李杜登临处

诗仙诗圣共登临，云影天光翠色深。
应有兴亡无限感，极巅付与老松吟。

◆ 邱宝君

鲁南第一大峡谷（新韵）

云含日隐望西侯，远古磐石百壁啾。
纵写山川横画水，难描险壑路通幽。

泗水七十二名泉（新韵）

山青野绿汇名泉，落地春光日影澜。
百转横流归泗水，千回纵变浸桑田。

泗张万亩桃园（新韵）

五彩繁星次第栽，多情仙子踏春来。
香风十里拂人面，沁水桃红百黛开。

万紫千红度假区（新韵）

十乡百里宴宾廊，万紫千红陌上香。
水洗风尘邀四客，桃花醉酒看三江。

◆ 郑茂昕

忆故乡

灯火斑斓泗水关，星河珠映月垂天。
苍茫故里当年处，浩瀚黄沙不见边。

泗河之春（两首）

一

泗河滨路接城乡，夹道柳墙三丈长。
白鹭穿空惊日影，斜支钓具水中央。

二

古道泗河呈绿廊，蜿蜒横卧白沙床。
山泉踊跃流幽谷，奔至他乡作故乡。

石 船

人去船空几处愁，横陈千载寂悠悠。
至今惟见泉林水，清澈依然枕石流。

注：石船，乾隆泉林行宫遗迹。

三字歌·故乡

桃花雨，柳树烟。风煦煦，水涟涟。

云舒卷，山蔓延。洙泗岸，又三年。

长相思·故乡

泗水流，洙水流，流到山湖云那头，荻花片片秋。　日悠悠，月悠悠，日月沉浮逐浪流，乱山何处休。

渔歌子·洙泗春日（两首）

一

洙泗河滨柳絮丰，桃花深处染霞红。山隐隐，水溶溶。长丝钓影散长空。

二

故国河边草色新，杨花飞雨惹轻尘。风叠浪，鸟鸣春。沙堤幽处隐垂君。

少年游·家乡麦收

鸡鸣老院五更钟，布谷醒晨风。泗河北岸，龙眉山下，乡里铁牛隆。　荒年乱月成残梦，今世与谁同？满田新粒，尽收仓里，醇酒祝年丰。

◆ **任彬彬**

秋日安山小镇

水瘦山奇绝，秋风共我吟。

谁言春色好，诗意在枫林。

◆ 聂培栋

泗张镇景区感赋

圣域儒风雅,桃花爱意浓。

挥毫山水韵,俯仰我情钟。

赞泗张古镇

圣域泗张千古镇,唐风宋韵爱桃林。

炎黄后裔多才俊,砥砺前行有热忱。

安山寺抒怀

古刹诱人吟,虔诚众庶心。

增光升旭日,毓树降甘霖。

伟业山铺玉,宏图水产金。

勤劳能致富,惠政好方针。

泗水县李白村抒怀

青山踏遍未迷魂,喜上涟漪泗水滨。

俭朴谦恭人爱客,葱茏壮丽物凝神。

桃花万亩安家好,翰苑千秋舞韵亲。

太白遗风香肺腑,怀才报国趁良辰。

赞泗水桃花源景区

三月寻芳泗水春，桃花朵朵醉游人。

陶潜执笔田园美，李白书怀友谊新。

忆昔千秋荣古邑，如今万亩秀湖滨。

诗坛乐聚风骚客，感慨缤纷舞韵频。

◆ 席洪海

高铁通车（新韵）

群山携秀水，圣域骋长龙。

澍雨滋林绿，秋枫染岭红。

啸声惊衮野，追梦富乡翁。

千古薄瘠壤，今朝物阜丰。

泗张镇美景三首（新韵）

一

溪水清流万象新，宏图大展志凌云。

安山银杏名千古，至圣先师育后昆。

二

水净山青秀岭长，桃花万亩吐馨香。

乡贤笑语迎嘉客，岁月甘甜尽小康。

三

碧水瑶池嵌泗张，松林俊秀醉心房。

一山仙景桃红笑，莺啭蜂翩果散香。

贺泗水县被评为2019年中国最美县域（新韵）

洙泗奇葩盛世出，一枝独秀靓镶珠。
春风吹醒田园梦，巧手栽培圣域福。
水荡波涛连沃野，林接仙境赛姑苏。
山乡明月都争艳，花绽清香遍地铺。

泗水桃花三月红（新韵）

泗河滚滚水洁清，万亩桃花捧日升。
茂密松林迎镜月，纵横峦嶂伴霓虹。
瑶池王母仙峰醉，霞色山泉喜鹊鸣。
和煦春风织锦绣，田园碧野客家登。

追梦泗张人（新韵）

水脉逶迤载秀颜，桃红峰外挂岚烟。
付辛几代追新梦，耕作千田筑富源。
花朵垒枝山果舞，贤达献力干才添。
游人夸赞乡兴旺，盛世征程铺锦篇。

◆ 朱恩科

题泗水汽车新站（新韵）

扶摇展翅上摩天，胜日鱼龙巨浪翻。
一幢琼阁牵梦绕，两排琪树入云攀。
花开阡陌诗无际，人立春风酒半酣。
大道通衢极目望，新妆宜面动江关。

泗水行（新韵）
——偕长明同学夫妇安山寺、西侯幽谷踏青有作

百里莺啼绿映红，迎春踏秀画中行。

凝眸尘外寻丹客，信手云间采玉蓬。

幽谷芳林增语蕴，清溪古刹拜心诚。

岂惜次醉归程晚，丽日余香未了情。

安山寺感怀（新韵）

层峦挟道岁华新，伞幄繁花几度春。

一股清泉流梦影，九围银杏送福荫。

洞天难忘绨袍惠，黎庶俱沾甘露恩。

七秩沧桑犹可忆，梵林开济万民心！

◆ 房耀星

泗水泉林咏（通韵）

泗河源起地，奇胜若星云。

小景岚光浴，大泉鳞浪奔。

园林多绿意，游记两清君。

嬗变惊齐鲁，人文冠古今。

注：两清君，清朝康乾二帝。

泗水桃花旅游节礼赞

春燃火树领风流,生态丹青远客稠。
匝地桃花争娅姹,半湖水母爱晴柔。
从今莫道蓬山杳,至此方知造化遒。
寻梦泗张多韵藻,仙源古记可新修。

◆ 郑 华

泗水桃花三叠

泗水桃花节（新韵）

碧水仙源何处寻,轻舟翩入泗张春。
霞开万树红摇浅,玉满群山绿簇新。
乡韵叠成白雪曲,樵歌唱醉武陵人。
寄情世外流光远,络绎繁花胜古津。

泗水桃花饼

红粉琼姿爱煞人,梢头眼底尽沾春。
山衔翠色涵庐境,尘散清风露月轮。
盛宴天仙诗伴酒,佳名泗水韵传神。
怡情最是桃花饼,慢享茶余一味新。

泗水桃花源（新韵）

行近仙源满目春,桃花初绽正宜人。
尤知红树清溪远,倍感苍山绿野亲。
大厦摩云观泰岳,小康富路馈乡邻。
超然世外何需隐,洙泗弦歌与日新。

◆ 赵清涵

游泗水安山寺

恩爱千年壮鲁东,圣儒懿德遗馨风。

珍珠滋润安山寺,香火萦回谢国公。

秀出园林添美景,盛开桃蕊染春疃。

军强民富粟禾旺,辟地修天泗水隆。

注:遗,读 wei,仄声,赠送意。

◆ 姜一白

泗水泉畔现场作诗

莲花泉畔径如麻,心上友人邀客家。

欲品诗联何处去,请君泗水赏芳华。

题泗水李白村

幼读床前明月光,不知何处是家乡。

诗仙足迹千山外,血脉传承李白庄。

◆ 杨先进

春满泉林

山衔红杏柳鹅黄,映壁霞飞紫燕翔。

浅浅涧溪吟竹韵,声声禅语唱经章。

寻芳泗水朱诗醉,探圣泉林李墨香。

草绿花繁千木秀,天明地美八方祥。

◆ 师恩华

赞泗水

万民勠力兴多业,一路同心醉小康。
驰誉泉乡春永驻,喜瞻新岁更辉煌。

◆ 李维东

泗水礼赞

旧迹近畿穷僻地,浮华撩去史云烟。
千年洙泗文章著,数代泉林儒学传。
乡邑钟灵彰古韵,山川毓秀见新天。
潺潺碧水流清色,万顷桃花更姹然。

◆ 张义凤

泗水森林公园

曲径通幽密林深,萦眸飘逸喜盈襟。
纤枝摇曳藏玑骨,翠鸟啁啾奏雅音。
绦细丝柔清水淙,云轻境妙远乡临。
文人墨客忙游赏,误入丛中没法寻。

◆ 张开秋(许仙一)

观泉(通韵)

寻芳泗水慕泉林,汩汩仙源满是春。
风注涟池添雅韵,泠泠弦上最佳音。

◆ 杨传军

泗水寻芳（通韵）

胜里寻芳泗水滨，花香溢彩似黄金。
三河六岸垂杨柳，孔孟也期出圣人。

◆ 孙庆涛（涛声依旧）

游泗张王家庄楹联民俗村（新韵）

探幽寻觅走乡村，联对王家挂满屯。
柳绿桃红多少树，骚人游客醉身心。

泗水安山寺千年银杏树（新韵）

千载雄盘一树荫，秋风染落地流金。
可知夫子宏心志，缘使登临泗水人。

题泗水张楹联镇有感（新韵）

圣域寻芳，文化下乡惠灵土；
泗张探秘，旅游兴镇泽富民。

观泗张镇楹联文化有感（新韵）

圣水湖边紫气升，华堂厅上赞殊荣。
八方雅士心声奏，四面贤达翰墨萦。
树鸟欢歌鱼跳跃，诗人笑语韵传承。
碑林礼罢思威远，小镇涌泉扬盛名。

◆ 李 伟

泗水十景：
华渚晓月（新韵）

华胥上古立国年，胜迹幽深月亮湾。
映水明湖临峭壁，参天高柏守山川。
如今碣竖伏羲忆，昔日碑留愚叟传。
遥望冰轮悬破晓，鸡鸣空谷玉生烟。

西侯幽谷（新韵）

溪水琮琤白鹤翅，寻娥王母点玲珑。
西侯幽谷丘尼盛，杨戬丹峯雁迹明。
挺秀云松听响瀑，纵横山壑啭流莺。
何时琴瑟传心语，龙骨开张莫隐衷。

龙门灵雾（新韵）

天坛剪水布云深，并峙双峰辟入门。
灵地蒸蒸轻罩雾，龙津漫漫细飘霖。
东来紫气还春色，西去寒飙作雪魂。
筑坝拦洪千象迥，枯容无奈隐河滨。

凤仙叠翠（新韵）

凤仙叠翠拱苍天，东岳余青聚此间。
峦壑平收山岱雾，云松斜裹玉皇烟。
顺应四季皆规律，安报三阳俱自然。
道御无形从日月，老庄思想水云涵。

安山春秀

环抱群峰古刹幽，山阳洞府道家修。
春回季节苍龙跃，寒去时机紫气浮。
遍野桃花争怒放，盈门杏树获丰收。
境随蝶舞盘青黛，汨汨珠泉接海陬。

泉源胜地（新韵）

海岱名川涌雪澜，激开石窦烂银翻。
鸡鸣古寺经音绕，鸟宿泉林夜色安。
泗水丘来居阆苑，卞桥溪去映冰盘。
千年白果姿垂拱，曾颂康乾咏旧源。

圣山仙境

幽光海色抱云扬，浪迹天涯侠骨强。
太始岱宗勋业盛，儒家齐鲁杏坛芳。
人游仙境观明月，山唤灵猴沐旭阳。
碧瓦农居槐树掩，泗河杳杳入苍茫。

龙湾落霞

阁上滕王旧典章，落霞孤鹜语无疆。
景移泗水奇观秀，画绘龙湾妙境芳。
入岭玉盘栖树鸟，连湖金色染波光。
初腾海月清辉满，万籁虫鸣又唱扬。

长峰独峭（新韵）

藏风峪里早春奇，女鬼飘然走豹狸。
峭壁山崖磨翡翠，清泉瀑水泻珠玑。
林深亮翅时飞鹤，刹静扬幡偶见尼。
莫做燃樨穴洞探，巨灵欲画满天曦。

济河烟柳

泗水遥分一派流，济河丝柳鸟啁啾。
鱼游浅底阴晴晓，风曳长空雾霭收。
仲庙幽森藏古树，亭台别致对青丘。
弥烟细雨垂杨岸，悦耳琴声共弄柔。

◆ 毛晓萍

泗水十景：
华渚晓月（新韵）

华景凭风动翠烟，渚江暗渡客舟连。
青云逐影秦川梦，晓谷飞霞汉鼎天。
韵起悠悠怀旧事，日出烁烁谱新篇。
流光辗转千年后，泗水滨州正气延。

西候幽谷（新韵）

幽谷峰回路转通，溪流涌翠透玲珑。
西侯龙骨翻云月，北斗星辰伴夜莺。
似见将军千闯阵，犹闻楚汉两争雄。
苍山远景潜心美，胜日邀风万里晴。

龙门灵雾（新韵）

云山底处玉潭深，静镜瑶台望北门。
浩浩灵龙腾紫气，悠悠袂影泛青痕。
曼音妙曲萦萦暖，细语柔情浅浅温。
遥峙芳盈春更好，丹阳晓梦拟曦晨。

凤仙叠翠

空灵叠翠入重天，亭阁瑶台境外仙。
御殿金銮臣附语，文昌紫苑曲依弦。
花迷旷野风迷路，蝶舞繁枝影舞川。
谷壑千连凭陡石，溪流映客步云巅。

安山春秀

陡翠横岚溢野流，风随石级草旁幽。
双泉齐涌萦萦恋，两杏相依眷眷羞。
秀色凝春春意暖，朝辉簇岭岭形稠。
深林古寺弥仙路，欢聚群贤把景搜。

泉源胜地（新韵）

泉林遍野涌泉澜，古寺钟声绕古禅。
朗朗名川犹圣在，泠泠泗水若仙还。
乾隆九转诗笺寂，帝子千寻陌路寒。
觅这风光无限好，今朝盛世景泽然。

圣山仙境

怪石千奇物妙张，丛林野草伏苍茫。
青烟薄雨山间冷，翠叶孤兰寺外凉。
且踏渔歌鸣岸柳，莫寻江雾避秋霜。
闲安圣地云崖路，任我由来悟道长。

龙湾落霞

幽痕断谷漏彤阳，镜水沉波彩练忙。
怕得惊来深草静，应忧望去浅崖凉。
扁舟向月行天阔，瘦影披霞记羽长。
笔墨砚台仙宇处，清轩雅阁作文章。

长峰独峭（新韵）

疏枝曼展触云梯，雀鸟惊飞瘦影低。
峭壁清幽深渺渺，回音静寞漫弥弥。
三思寂寂空山落，四顾茫茫旷野遗。
逸秀危楼叠翠景，风依锦幔透晨曦。

济河烟柳

碧水浮烟沙暗流，绵云戏梦济河幽。
花繁锁蝶和风媚，柳细迷杨倩影柔。
古树依山环寺宇，高僧得道悟春秋。
梵音弥世为谁度，泊岸琴心寄客舟。

◆ 张　林

题李白村

谪仙千里觅湖滨，家寄南陵别世尘。
波染诗情泗河夜，风含画意圣源晨。
离乡仗剑望明月，泼墨开樽念远亲。
翠绿喜观翻作浪，亭亭李树万年春。

题万紫千红杯颁奖活动

客邀圣地觅芳诗，妙笔生花十月痴。
白鬓老君多士韵，青丝新彦众人词。
千红成卷描佳景，三水挥毫追古师。
料是来年春日聚，尽收雅句满筐持。

赏青界湖

青青苍界觉天长，碧水荡波云亦凉。
缘结桃源染春色，梦回山岭点秋妆。
亭台复有明光照，城廓已无浓霭藏。
恍若吾乡清浪逐，两湖一脉共花香。

观千年银杏

临君梦越几千年，杳杳春秋一树连。
着绿梵音飞鸽绕，牵红花色漫山旋。
仲尼又见叹黄叶，圣典已兴谋锦篇。
古影新光汇奇景，涛声无尽度桑田。

宿安山宾馆

秀峰佳境傍花邻，灵气环山昼夜频。

听得杏神金叶舞，望穿桃岭玉光巡。

清潭茗煮吟诗句，古寺钟鸣召贵宾。

愿赏芳菲三月逐，千红万紫映新春。

访王家庄

杳杳桃花可识吾？萧萧十月再寻殊。

灯笼几串秋光靓，石屋百间神韵娱。

残叶犹黄赏奇景，寒溪更碧润佳图。

熙熙远客山中叹，疑是天堂妙画铺。

访安山寺

寻寺安山曲径幽，叶黄染目彩风柔。

有缘银杏生千载，无恙红墙咏九州。

涌起珍珠泉水舞，凿开岭壁韵诗求。

群峰着意怀中抱，袅袅晨钟紫气流。

◆ 赵佳军（一缕晚风）

过安山寺

古刹钟声远，疏林漫寂寥。

浮云迷竹径，空谷隐溪桥。

慧觉春光冉，禅思世路迢。

佛门多胜景，善念益明昭。

题砭石

浮磬千年出泗滨，岐黄砭术具安神。

中华宝库长流远，造化天然圣地春。

◆ 浚哲风（冯克河）

泗水行吟

我从高处瞰，顿觉胜蓬莱。

泗水平吞鲁，云峰直入垓。

山奇多古树，民朴少尘埃。

文咏无佳句，诗歌愧不才。

◆ 张景生

题安山诗会（新韵）

缘起诗集会，群英驻卞园。

深林藏古寺，浅壑响清泉。

泗上风光秀，山中圣者贤。

真情堪醉客，满意可留言？

◆ 陈福存

游泗水泉林（新韵）

秋日溯流寻泗水，金黄墙院布泉林。

沿湖绿草丝绸荡，破上清波兽口喷。

游客古桥碑久伴，行宫老树殿无存。

孔临川上乾隆笔，旧事随风且品鲟。

◆ 杨思功

凤仙山

参天古木凤仙山，树上鸟儿啼树间。

怪石探幽千载洞，潺潺碧水阆宫还。

青龙山森林公园

古林葱郁沐春风，遥望长龙卧树丛。

灵性生来添景色，畅游美梦在心中。

安山寺

依山傍水趣无穷，环境清幽梵气浓。

阵阵木鱼迎远客，虔诚膜拜自从容。

泗水滨景区

仙境清幽泗水滨，悠然山色水光新。

游人如织心中乐，暖意浓浓处处春。

圣源湖公园

风光秀丽画中人，红日初升映晓晨。

漫步湖边观美景，喜逢圣地满园春。

圣地桃园

三月桃花醉景明，园林仙子逗流莺。

泗河圣地迎宾客，妙手丹青画卷呈。

泉源胜地

拂面春风泗水滨，花红柳绿满园新。

晴光无限人陶醉，圣地泉源意更真。

安山春秀（两首）

一

桃花绽放蝶蜂忙，展翅飞来吻馥香。

仙境人间何处觅？宾临泗水美风光。

二

泗水登临倍觉新，踏青四野景迷人。

山清湖美风光秀，目望白云心更纯。

济河烟柳（两首）

一

岸边垂柳晓风扬，自在流莺树隐藏。

河水清清波浪碧，鱼虾戏闹鹭鸥忙。

二

明媚阳光洒圣源，湖边翠柳醉春烟。

人间阆苑今朝见，泗水安居锦绣川。

龙湾落霞

泗水落霞红半天，亦真亦幻景如仙。

龙湾唯有瑶台画，袅袅浮烟美梦圆。

长峰独俏

巍峨峭壁有神工，鬼斧劈开飞彩虹。
奇特山姿心感叹，天人合一沐东风。

济河公园

难得人生退赋闲，公园河畔最投缘。
谈情说爱堪佳境，吾选修心太极拳。

仙姑洞

仙姑洞里住仙姑，故事迷人入旅途。
传说古今生魅力，浓浓趣味带欢娱。

◆ 张 萍

庚子春日泗水乡村所见（通韵）

防疫脱贫重担挑，乡村儿女自勤劳。
养殖承续游人旺，谁赶春风过小桥？

扶贫路上（通韵）

扶贫路上又加鞭，村里小芳忙领先。
驾驶摩托送科技，辫梢一甩到天边。

结对扶贫吟

周末为何乡下去？牵心总是那家人。
扶贫结对东风送，两树花开一样春。

我和党旗合个影（通韵）

欣逢百岁颂红船，豪迈激情舞蹈翩。
我与党旗合个影，心中涌起幸福泉。

红船颂（通韵）

载满红船理想芽，南湖上岸种中华。
星星之火燎原势，一路春风遍地花。

党恩（通韵）

一帜锤镰开地天，翻身圆梦乐无边。
征程百载恩多重，叠起秤砣如泰山。

党旗（通韵）

血染镰锤壮志抒，仰瞻泪眼总模糊。
鲜红永共初心映，引领中华追梦途。

排长队打新冠疫苗口占

争打疫苗全国忙，是谁号召力尤强？
挤身排队心中笑，又筑长城更久长。

新春（通韵）

雪渐消融风渐柔，初来好雨润田头。
小康年味才尝好，又想播春试铁牛。

写给中国人民解放军（通韵）

绿色长城守海疆，和平捍卫敢担当。
为何艰险无知惧？因有人民大后方。

看世界（通韵）
——有感于新闻早报世界各国面对疫情

万国旗帜万国扬，都道自家无比强。
若问疫情谁可控？独吾华夏不彷徨。

诗美泗水

第三辑　现代诗作品

◆ 徐清潜

这里就是——泗水

文化长河奔涌向前

沃土哺育至圣先贤

春秋故国宛若一梦

卞桥双月映照心间

泗脉流虹记录过往

儒家风范光耀书简

这里就是——泗水

逝者如斯，文脉延绵

绿水青山扬起笑脸

锦川名胜难忘流连

安山春秀四月芳菲

龙湾湖畔水光潋滟

泉林环翠声震九天

龙门云雾峥嵘灵显

这里就是——泗水

万紫千红，春风拂面

这里就是——泗水

文旅融合，时代画卷

这里就是——泗水

奋进征程，谱写新篇

礼赞泗水乡村振兴

在泗水群山间

龙湾湖绽放笑容

人才扎根故土

游子难泯乡愁

龙湾湖畔

乡村振兴的号角已然吹响

一泓湖水，映照初心

十里乡亲，携手致富

在广阔天地间，在青山绿水旁

创业的旗帜迎风飘扬

幸福的甜蜜滋味绵长

注：龙湾湖系泗水县乡村振兴示范区。

泗郎回乡（二首）

（一）

岸边是谁留下欢声笑语

河畔谁家升起袅袅炊烟

泗河静静流淌

孩子慢慢长大

河水倒映中的故乡守候那一抹烟霞

亲爱的孩子

梦想在泗河两畔生根发芽

期盼你早日回家

（二）

年少的你为可爱的泗水泛起酒窝

纯真的你为热情的泗水引吭高歌

这片土地用绿水青山编织梦想

这片土地用勤劳善良谱写歌谣

美丽的泗水正张开怀抱

她深情瞩目，为远方的客人留下温存

让归来的游子有了依靠

注："泗郎回乡"系泗水县创新实施创业工程一项重要举措。

咏泗河

多少次梦见你金光闪闪的身影

每一刻都能感受到你蓬勃的生命力

你化作墨迹垂名青史

你承载希望昂首千秋

血已溶于水

你和儿女永不分离

◆ 李洪挺

井冈山

星星之火燃井冈,军民拾柴火焰旺。
敌进我退上上策,敌驻我扰遭损伤。
敌疲我打可取胜,敌退我追消灭光。
农村包围城市路,驱散雾云见太阳。

古田会议

光芒四射一盏灯,军事建设方向明。
思想建党指挥枪,政治建军意奋勇。
克服单纯军事观,军阀流寇恶习清。
人民军队英雄魄,先锋精神无不胜。

湘江战役

国际钦差纸谈兵,军事外行权封顶。
逃跑路上像搬家,落入重重包围中。
中华优秀好儿女,血染湘江映天红。
自从盘古开天地,英雄红军天地惊。

◆ 尤 磊

故乡，那充满希望的地方

我忘不了

忘不了那生我养我的地方

那里的一山一水一草一木

都早已烙刻在了我的心上

我忘不了

忘不了疼我爱我的亲人

他们的笑脸

他们的脊梁

是促我前进的光亮和榜样

我是泗河里的一滴水

我是凤仙山上的一块石

我的心同故乡共流淌

我永远是母亲膝下的小儿郎

当我要去远方拼搏闯荡

是朴实亲切的乡亲

给了我无畏的胆量

当我要为祖国守卫边疆

为我打点好了行装

也许前行的脚步很急

但我总是不断回头望望

回头望望故乡

那充满希望的地方

◆ 徐 军

桃 花

桃花烂漫，山坡处，树矮枝怒。

低回首，落英依稀，香尽泽枯。

朵朵新妍晨风展，瓣瓣残红夜雨沐。

春苦短，芳菲竟夕间，谁留住？

宓妃枕，洛神赋。唐琬泪，沈园路。

松坡剑，道得离情何物。

怎堪无怨此相思，奈何有情难相顾。

却相问，莫是前世缘？今生误！

◆ 陈 鹏

初冬夜游泗河公园

更起两岸灯火明，烛照千里未觉冷，

绕岩小溪潺潺涕，莫语！细闻水流呜咽声。

一闸碧玉万千顷，倒映。

两桥飞渡架彩虹，满目璀璨繁星路，

细数，银河摇落泗水城。

赏游泗水

泗水卞水源远流，繁华无尽，

海岱水悠悠。

朱翁曾寻滨河醉，舜渔雷泽情未收。

人文历史久。

橡胶坝里秋波留，一桥飞渡，

两岸文华稠。

北望龙门幽谷秀，南瞻清界桃花幽。

胜景迷人游。

培尾山下泉林周，泉眼无声，

脉脉汇泗流。

东连沂濛祥云岫，西接孔府圣人楼。

子在川上留。

初冬夜游泗河公园

更声初起，两岸灯火通明，华光高照。

千里未觉寒冷，绕岩小溪潺潺，幽泉水流呜咽。

一闸碧玉万千顷，倒映飞桥架彩虹。

满目璀璨繁星路，银河摇落泗水城。

桃花节歌

二月泗水寻春芳，游人驱车下泗张。

老燕翻飞衔泥坠，雏莺试翼柳丝长。

浅山深逐桃花路，淡水轻嗅桃花香。

跃眼万亩桃花树，出落一阜桃花庄。

沾衣仿若桃花雨，落髻恰似桃花妆。

丽人掩映桃花面，少年诗吟桃花赏。

稚子攀枝桃花笑，翁媪频追桃花忙。

摩肩激得桃花起，接踵荡作桃花浪。

缤芬碾成桃花泥，泥香更护桃花长。

美哉泗水桃花节，意犹长作探花郎。

雪赏泗河公园

一夜飞雪来，万物琼花开。

山起玉龙势，树姿白鹤态。

月移惊风吟，河静定舟排。

煌煌华灯路，灿灿繁星海。

清光凝皎皎，素辉映皑皑。

疑入蓬莱境，似在云徘徊。

好景若琼浆，极慰游人怀。

母亲节

儿时的光阴，因您的宠溺，而快乐成长。

青春的岁月，因您的慈爱，而充满阳光。

当儿孙成行，笑语满堂时，您已白发苍苍。

光阴荏苒，岁月成伤。

殷殷的叮嘱，总在耳畔回荡。

慈祥的音容，常在梦里端详。

天堂路远遥相寄，无尽思念心中淌。

想您了——娘。

八一建军节

始于南昌风暴，起于国祚飘摇，

外辱内忧雄关道，万里长征作逍遥，危难显英豪。

为用科技强兵，重定三军番号，

飞天登月北斗罩，巡洋钻海架天桥，为子弟兵傲。

逆战鸣镝江城畔

骤见狼烟神州现，挥起雄兵千百万。

戡乱，勒马雷神火神山。

白衣舞翩跹，跃然抗疫第一线，

真心英雄为家国，逆战，大爱无疆天地间。

教练驾校训练有感

从春夏，到秋冬，何惧热浪寒风。

伫车边，绕车行，步步有心惊！

千嘱咐，万叮咛，莫谓安全事小。

一遍遍，一声声，句句都关情！

释 怀

初入江湖来，豪气满怀。

棱角未磨锋待开。各自捺住始成名，尚需忍奈。

老大莫悲哀，伏枥满腮。莫为蝇苟再装呆。

若不撇出终为苦，何不放开。